CEO 강기윤
창원을 경영하라

CEO 강기윤 창원을 경영하라

강기윤 지음

**기업가·정치가·행정학 박사
3개의 심장이 뛴다**

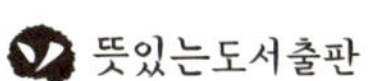
뜻있는도서출판

밤 11시 차갑게 식은 도시락과 함께 막차에서 내리는 사파정동 종점, 여느 때와 다름없이 어두운 신작로에는 몇몇 동네 사람들이 나를 기다리고 있었다. 내가 매일 밤늦게까지 공부한다는 사실을 알기에, 이웃들은 딸과 누이의 밤길 안전을 나에게 맡긴 것이다. 그분들이 내어준 것은 단순한 부탁이 아니라, 성실하게 자신의 길을 걷는 한 청년에 대한 깊은 '신뢰'였다.

나는 그때 신작로를 비추던 희미한 달빛 아래서 인생의 가장 소중한 교훈을 얻었다. 누군가의 앞길을 밝혀주는 일이 얼마나 숭고한지, 그리고 그 책임감이 한 사람을 얼마나 단단하게 만드는지를 깨달은 것이다.

내 인생의 첫 번째 연장은 펜이 아니라 마산공고 시절 손에 익힌 용접기였다. 쇳덩이를 이어 붙이며 세상에 저절로 이어지는 것은 없음을 보았다. 오직 뜨거운 열정과 정교한 손길만이 끊어진 것들을 하나로 묶을 수 있었다. 공장의 연구원으로, 기업의 CEO로, 그리고 도의원과 국민의 대변인인 국회의원으로 사는 동안 나는 늘 '용접사'의 마음으로 살았다. 흩어진 이웃의 마음을 모으고 끊어진 희망의 고리를 잇는 것, 그것이 내 삶의 방식이자 지치지 않는 동력이었다.

물론 그 과정이 늘 밝았던 것은 아니다. 평생 소작농으로 살며 흙먼지를 뒤집어쓰셨던 부모님의 눈물, 산업화의 물결 속에 삶의 터전을 내주어야 했던 고향 사람들의 탄식은 늘 마음의 빚으로 남아 있다. '언 밥'과 '기름밥'을 먹으며 다진 각오는 나를 성공으로 이끄는 채찍이 아니라, 더 낮은 곳을 비추는 등불이 되었다.

나는 이 책을 통해 내가 걸어 온 그 수많은 밤길에 대해서 이야기를 나누려 한다. 때로는 불공정함에 분노하고, 때로는 시대적 사명 앞에 고뇌하며, 오직 창원과 대한민국이라는 이정표를 향해 달려온 시간이 이 책속에 고스란히 녹아있다.

이 책의 마지막 페이지를 넘길 때, 독자들이 한 개인의 성공담이 아니라 우리 모두가 가진 '희망의 가능성'을 발견하기를 소망한다. 어두운 밤길을 함께 걷던 이웃들이 있었기에 오늘의 내가 있듯, 이 책이 누군가에게는 새로운 길을 나서는 이에게 작은 울림이 희망이 되기를 바란다.

　신작로의 불빛은 꺼지지 않았다. 나는 지금도 여전히, 그 길을 함께 걷고 있다.

2026년 1월　강 기 윤

2부
나의 땅 이야기

3부
강기윤의 생각: 미래를 그리다, 창원을 위한 청사진

1장 왜 강기윤인가? 경제, 정치, 행정을 아우르는 리더십

Thinking   통합 창원의 미래: 마산, 창원, 진해를 위한 맞춤 전략

내 등의 짐

내 등에 짐이 없었다면
나는 세상을 바로 살지를 못했을 겁니다
내 등의 짐 때문에 늘 조심하면서
바르고 성실하게 살아왔습니다
이제 보니 내 등의 짐은 나를 바르게 살도록 한
귀한 선물이었습니다

내 등에 짐이 없었다면
나는 사랑을 몰랐을 것입니다
내 등에 있는 짐의 무게로 남의 고통을 느꼈고
이를 통해 사랑과 용서도 알았습니다
이제 보니 내등의 짐은 나에게 사랑을 가르쳐준
귀한 선물이었습니다
내 등에 짐이 없었다면
나는 아직 미숙하게 살고 있을 것입니다
내 등에 있는 짐의 무게가 내 삶의 무게가 되어
그것을 감당하게 하였습니다
이제 보니 내 등의 짐은 나를 성숙시킨
귀한 선물이었습니다

내 등에 짐이 없었다면
겸손과 소박함의 기쁨을 몰랐을 것입니다
내 등의 짐 때문에 나는 늘 나를 낮추고
소박하게 살아 왔습니다
이제 보니 내 등의 짐은 나에게 기쁨을 전해준
귀한 선물이었습니다

물살이 센 냇물을 건널 때는
등에 짐이 있어야 물에 휩쓸리지 않고
화물차가 언덕을 오를 때는
짐을 실어야 헛바퀴가 돌지 않듯이
내 등의 짐이
나를 불의와 안일의 물결에 휩쓸리지 않게 했으며
삶의 고개를 하나하나 잘 넘게 하였습니다

내 나라의 짐 가족의 짐 직장의 짐 이웃과의 짐
가난의 짐 몸이 아픈 짐 슬픈 이별의 짐들이
내 삶을 감당하는 힘이 되어
오늘도 최선을 다하는 삶을 살게 하였습니다

CEO

강기윤, 창원을 경영하라

1부

강기윤의 삶

기업가 · 정치가 · 행정학 박사

3개의 심장이 뛴다

내게 가난은 자산이었다

현장에서 답을 찾는
행동의 리더십

3대 7의 법칙과
소작농의 비애

내가 태어난 곳은 창원시 사파동, 옛 이름으로 사파정리 216번지다. 당시의 사파동은 비음산(510m) 자락에 안긴 전형적인 시골 마을이었다. 창원이 공업도시로 본격 개발되기 전까지 우리 마을은 온통 논과 밭이었고, 이곳에서 생산된 쌀은 맛이 좋아 인근 상남면 일대까지 공급되곤 했다.

아버지는 진해 해군 항공창 일을 하면서도 쉼 없이 농사를 지으셨다. 밤낮없는 노동이었으나 살림은 좀처럼 나아지지 않았다. 식구가 많았던 탓도 있지만, 학교 기성회비를 제때 내지 못해 늘 쩔쩔맸다. 일곱 남매 중 다섯째였던 내가 중학생이 될 무렵, 열다섯 살 많은 큰형이 제대 후 진해에 취직하면서 비로소 집안의 숨통이 조금 트였다고 한다.

나 역시 어려서부터 여느 시골 아이들처럼 일손을 보탰다. 소를 먹이고 모내기와 나무를 하러 다녔으며, 비가 오면 논물을 대고 풀을 뽑았다. 가을이면 온 집안이 뿌연 먼지로 뒤덮인 마당에서 밤새워 탈곡기를 돌렸다. 땅에 매달려 일하는 것이 일상이었기에, 나는 우리가 일구는 땅이 모두 우리 소유인 줄로만 알았다. 매번 수확철 마다 빠짐없이 찾아오시던 친척 한 분이 계셨다. 나중에야 알게 된 사실이지만, 대방동 뒷산 어귀 '단낭띠'라 불리던 천 평 남짓한 다락논은 원래 그분의 땅이었다.

당시 소작료는 이른바 '3대 7'이었다. 쌀 열 가마니를 수확하면 고생한 소작농은 세 가마니를 갖고, 땅 주인은 일곱 가마니를 가져가는 구조였다. 타작을 끝내기가 무섭게 마당의 쌀가마니가 허무하게 줄어드는 것을 보며 나는 처음으로 냉정한 현실을 깨달았다.

사파정리 옛모습_1980년대

중학교 1학년 가을이었다. 추수를 마친 아버지가 보리를 심으러 논에 나갔다가, 누군가 이미 이랑을 갈아놓은 것을 발견하였다. 알고 보니 소유주인 친척이 부모님과 한마디 상의도 없이 땅을 팔아버린 것이었다. 서운함을 토로하는 어머니에게 그 친척은 '내 땅 내 마음대로 파는데 무슨 상관이냐'며 냉정하게 선을 그었다. 혈육의 정보다 지주와 소작인이라는 관계가 앞섰던 그날의 다툼으로, 두 집안은 이후 10여 년간 왕래를 끊었다. 훗날 다른 친척의 중재로 화해는 했으나, 어머니는 오랫동안 그 깊은 가슴앓이를 안고 살아야 했다.

그 일을 계기로 나는 우리가 일구던 6,000평의 땅 중 우리 소유는 900평뿐이라는 사실을 알게 되었다. 어린 마음에도 노력의 결실이 불공정하게 분배되는 현실이 억울했다. 온 가족이 매달려 거름을 내고 모내기를 하며 흘린 땀의 대가가 고작 30%뿐이라는 사실은 중학생인 내게도 이해하기 힘든 일이었다.

　어머니의 상처 입은 뒷모습을 보며 나는 다짐했다. 나중에 어른이 되어 돈을 벌면 반드시 부모님께 우리 이름으로 된 논을 사드리겠다고. 내게 땅은 단순한 터전 그 이상이었다. 그렇게 3대 7의 법칙은 어린 나의 가슴에 깊은 상처로 남았다.

가난이
나를 키웠다

시골에서 땅이 없는 사람은 가난한 사람이었다. 아무리 열심히 일해도 땅이 늘어나지 않았다. 규모에 정해진 소출의 반도 가져오지 못했다.

또한, 가난이 가져다주는 불이익과 그로 인한 차별에 대해서 나는 눈을 뜨기 시작했다. 마음속에 차곡차곡 쌓인 억울함은 오히려 공정함에 대한 갈망과 문제의식으로 변해갔고, 그 뜨거운 감정들이 나를 더욱 단단하게 단련시켰다.

중학교 1학년, 육성회비에 관한 기억은 특히 우리 집의 가난을 온몸으로 경험해야 하는 일이었다.

정해진 날짜까지 회비를 가져오지 못한 학생들은 복도에 나가 손을 들고 서 있어야 했다. 그러면 한 반에 서너 명은 꼭 벌을 서곤 했다. 자기 잘못이 아니라 단지 집안이 가난할 뿐인데, 그것 때문에 벌을 서야하는 것이다. 남녀공학인 데다 막 사춘기에 접어든 나이에 그 벌은 단순히 신체적인 고통이 아니라, 나의 잘못도 아닌 가난 때문에 받는 치욕으로 낙인찍히는 시간과도 같았다.

학교에 육성회비를 내야 할 때가 오면 나는 어머니께 어렵게 말을 꺼냈지만, 집에 현금이 있을 리 만무했다. 농사지은 쌀이 화폐를 대신하고 모든 거래가 물물교환으로 이루어지던 시절이라, 시골 농가에서 현금은 무엇보다 귀한 존재였다.

납부일이 다가오면 어머니는 묵묵히 저녁밥을 지어 식구들을 먹인 뒤, 빈손으로 이웃을 찾아 길을 나섰다. 아버지는 그런 어머니의 뒷모습을 안타까워하면서도, 그 어려운 걸음을 마다하지 않는 용기에 대해서 혼잣말처럼 말씀하시곤 했다. '뭐라도 맡길 게 있어야 돈을 빌려올 텐데… 그래도 네 엄마가 나보다 백번 낫구나.'

우리 가족은 남에게 아쉬운 소리 하는 것을 싫어했다. 그러나 어머니는 자식을 위해서라면 그 벽을 넘어섰다. 가난한 이웃에게 돈이 있을 리 없었고, 어머니는 매번 허탕이었다. 다음 날 나는 학교에서 벌을 섰다. 서너 명이던 아이들은 줄어들어, 어느새 나 혼자 복도에 서 있곤 했다.

돈을 구하지 못한 아이들은 아예 학교에 오지 않았다. 나는 달랐다. 벌을 서도 학교에 갔다. 부모님 앞에서 떼를 쓰거나 원망하지 않았다.

돈을 구하기 위해 발걸음을 옮기는 어머니의 진실한 모습을 보며, 가난을 탓할 수만은 없었다. 오히려 다짐했다. '내가 여기서 꺾이면 안 된다. 내가 어머니를 더 힘들게 해서는 안 된다.'

복도에 서서 벌을 받으면서도, 나는 기죽지 않았다. '지금은 집에 돈이 없어 벌서고 있을 뿐'이라고 생각했다. 어머니의 노력과 마음을 알기에, 나는 그 상황을 회피하지 않겠다는 단단한 의지를 품었다.

학교까지는 먼 길이었다. 사파정에서 상남까지, 십 리 길을 걸어야 했다. 그래도 나는 성실하게 학교에 다녔다.

한번은 이런 일도 있었다. 상남시장은 4일장 9일장이 열렸다. 초등학교 3학년 때 어머니가 상남시장의 옷 가게로 오라고 해서 방과 후 갔더니, 팬티하고 메리야스를 입어보라고 해서 입었는데 주인아주머니가 외상은 안 된다고 했다. 결국 입지 못하고 그냥 왔는데, 가슴에 못이 박히는 기분이 들었다. 어머니의 궁핍한 삶으로 인한 핍박을 내가 반드시 갚아야 되겠다는 결심을 했다.

가난은 나를 꺾지 못했다. 오히려 나를 키웠다.

가난의 다른 얼굴,
차별

가난은 예고 없이 불쑥 찾아오는 손님이 아니었다. 그것은 우리 집 안방 한구석을 떡하니 차지하고 앉아, 매 순간 우리 가족의 일상을 짓눌렀다.

내가 나고 자란 사파동은 120여 가구가 옹기종기 모여 사는 꽤 큰 마을이었다. 마을에는 '점방'이라 불리는 가게가 위아래로 두 곳 있었는데, 우리 집과 가까운 아랫마을 점방의 주인은 다름 아닌 나의 사촌 형이었다. 마을 이장이기도 했던 큰아버지의 둘째 아들이 운영하는 곳이었다.

7남매 중 다섯째였던 내 밑으로 세 살, 여섯 살 터울의 어린 여동생들이 있었다. 내가 중학교 1학년 무렵의 일이다. 주머니 사정이 넉넉지 않았던 나에게 '군것질'은 구마산 역장으로 계시던 중간 큰아버지로부터 용돈을 얻었을 때 가능한 일이었다.

그날은 운 좋게 내 수중에 동전 몇 푼이 있었다. 동생들이 그토록 먹고 싶어 하던 '뽀빠이' 과자를 사주기로 했다. 나는 의기양양하게 동생들 손에 십 원짜리 몇 개를 쥐여주며 심부름을 보냈다.
"가서 과자 좀 사 와라. 혹시 돈 조금 모자라면 사촌 오빠니까 외상으로 달아달라고 하고."

아마도 내가 준 돈이 과자값을 치르기엔 조금 부족했던 모양이다. 하지만 평소 어머니가 외상 장부에 달아놓고 갚는 걸 봐왔고, 무엇보다 가게 주인이 사촌 형이었기에 나는 별걱정 없이 동생들을 보냈다.

하지만 잠시 후, 신나게 달려갔던 동생이들이 풀이 잔뜩 죽은 채 빈손으로 터덜터덜 돌아왔다. 축 처진 어깨와 금방이라도 울음을 터뜨릴 듯한 눈망울. 불길한 예감이 스쳤다.
"오빠…돈이 모자란다고 안 된대. 외상은 더더욱 안 된대…"
동생이 기어들어 가는 목소리로 덧붙인 말은 내 가슴을 날카로운 비수처럼 파고들었다.
"근데 영순이는 돈 없어도 주더라. 영순이는 그냥 가져가라고 하더라."

영순이는 우리에게 가끔 용돈을 주시던, 소위 '잘사는' 중간 큰아버지의 딸이었다. 나와 동갑내기 사촌이었지만, 그녀가 누리는 세상과 내가 마주한 세상의 온도는 너무나 달랐다. 부유한 집 자식에게는 돈이 부족해도 활짝 열려 있는 외상 장부가, 가난한 소작농의 아들에게는 단 몇 푼의 부족함도 용납되지 않고 야박하게 닫혀버린 것이다. 피를 나눈 사촌 형조차 부모의 재력에 따라 동생들을 차별한다는 사실은, 중학교 1학인 내가 감당하기엔 너무나 차갑고 비참한 현실이었다.

그날 밤, 나는 이불 속에서 주먹을 꽉 쥐며 수십 번도 더 다짐했다. 어서 빨리 어른이 되어 우리 집을 일으켜 세우겠다고, 내가 훌륭한 사람이 되어 다시는 내 가족이 돈 몇 푼 때문에 남 앞에서 고개 숙이지 않게 하겠다고 맹세했다.

가난과 차별은 내게 뼈아픈 고통이었다. 그러나 돌이켜보면 그것은 나를 단련시킨 가장 혹독하고 위대한 스승이었다. 가난에서 나는 세상의 냉혹함을 배웠고, 차별이라는 회초리를 맞으며 꺾이지 않는 오기를 배웠다. 역경을 피하지 않고 정면으로 맞서는 용기, 환경에 매몰되지 않고 오늘보다 더 나은 내일을 향해 달리는 법을 나는 그 시절 사파동의 흙먼지 속에서 깨우쳤다.

대통령 아니면
스님이 될래요

가난했지만 우리 가족은 화목했다. 돌아보면 아버지와 어머니는 매우 부지런하고 마음이 너그러운 사람들이었다. 어머니와 아버지는 금실 좋은 부부로 알려질 만큼 사이가 좋았다.

어머니는 152센티미터 정도로 키가 작은 편이었지만, 아버지는 180센티미터가 넘을 정도로 키가 크고 기골이 장대했다. 아버지의 공창(해군 항공창) 쪽 직장에서도 가장 큰 키라고 말할 정도였다.

시장 갈 때면 아버지하고 어머니는 서로 손을 잡고 마을을 나서곤 했다. 그러면 어머니가 키가 작아 손을 잡고 가는 아버지의 한쪽 어깨가 저절로 어머니 쪽으로 기울어지며 키가 낮춰졌다. 그런 두 사람의 모습을 보고 동네 사람들은 짓궂게 놀리곤 했다.

"저 봐라. 작은할마이 손잡고 간다."

사람들은 반 시기와 재미로 쉽게 두 분을 놀리지만 정작 어머니는 속상해하셨다.

가끔 어머니가 술을 한 잔씩 먹으며 속마음을 털어놓을 때면, 그 동안 쌓였던 섭섭했던 이야기를 탄식처럼 말하기도 했는데, 그동안 죽어라 고생한 이야기며, 열심히 일해도 가난한 살림이라선지 키까지 시빗거리로 사람들이 어머니를 쉽게 생각하는 것 같다고 속상해하셨다.

어머니는 상남 시장 바로 옆에 있는 동산마을에서 살았는데, 그렇게 부유하지도, 그렇게 가난하지도 않은 중간 정도 사는 집이었다고 한다. 처음에 아버지와 결혼할 때 상남의 동산마을에서 살다가 시골 동네의 없는 살림집으로 시집온다고 반대했다고 한다.

게다가 사파정의 우리 동네는 시집 쪽 형제와 친척이 많이 살고 있었다. 그래서 결혼 초창기에는 친정으로 가서 며칠 쉬다가 오기도 했다고 한다.

어머니는 이런 일 저런 일 가리지 않고 일하다 나중에는 동네일을 도맡아 하다시피 했다. 손재주 있고 부지런하여 믿음이 갔기 때문이다.

동네잔치나 행사가 있을 때, 일 처리가 야무지고 솜씨까지 좋아 추어탕이며 잔치 음식을 맛있게 잘 만들었다.

마을 논이나 웅덩이에서 미꾸라지를 잡아서 동네 회식이나 잔치를 벌이면 어머니가 거의 도맡아 하기도 하였다. 또한 마을의 경조사에도 불려가 들러리며 뒷바라지 일을 하였다. 그 정도로 어머니는 신뢰도 있고 마을 일에 적극적인 사람이었다.

마을 잔치가 있으면 어머니는 새벽부터 나갔다가 점심때가 되어서 품에 잡채며 떡이며 싸 온 음식을 풀어서 나에게 주던 것이 생각난다.

어머니가 종이 신문지에 싸 온 잡채며 귀한 잔치 음식이 반가웠던 것이 아직도 추억으로 남아있다.

"아이구, 배고프겠구나. 이거 어서 먹어라."

그러던 어느 날 동네에서 같이 일하던, 젊은 사람하고 어머니가 말씨름하는 걸 우연히 듣게 되었다. 어머니의 서운해하는 속마음을 들은 것이 있던 참에, 젊은 사람이 왠지 어머니에게 함부로 대하는 듯해서 참을 수가 없었다. 그래서 내가 밖으로 나가서 말했다.

"나이도 젊은 사람이 어떻게 나이 많은 우리 어머니한테 이렇게 대들 수가 있어요? 키가 작아서 그러시는 거예요? 도대체 왜 그러십니까?"하니까,

"너는 애가 뭘 안다고 동네 여자들 일에 끼어들어? 네가 뭘 알아? 넌 뭐 그리 잘 났나?"

하면서 아무것도 아닌 새파랗게 어린 학생 따위가 끼어든다고 대놓고 무시하는 것이었다.

당시 나는 꿈이 '대통령 아니면 스님'이 되는 것이었다.

내 중학교 희망 사망 첫 번째를 쓸 때 그렇게 썼다. '나는 앞으로

대통령이 되지 않으면 절에 가서 스님이 될 것입니다.' 그러니, 희망 사항이 딱 두 가지밖에 없었다. 중학교 때부터 '나는 대통령이 될 거야'라고 되뇌고 있었는데 이날도 소리높여 외쳤다.

"내가 뭐기는? 나는 앞으로 대통령 될 거다. 내가 대통령 되어서 보란 듯이 잊지 않고 오늘 일 꼭, 바로 잡을 거다."

그때는 고등학교 1학년 때였다. 그날 그렇게 나는 분한 마음에 골목 밖까지 들릴 정도로 선언했다. 그동안 내 안에 쌓였던 불의에 대한 반발심과 무시당하고도 아무 말도 못 하는 약자가 되지 않기 위해 큰 소리로 외쳤다.

"나는 대통령이 될 거야."

당시 나는 사람들에게서 불이익과 무시를 당하지 않으려면 내가 최고로 힘 있고 높은 위치에 갈 만큼 훌륭하고 특별한 사람이 되어야 한다고 생각했다. 그래서 청소년 시절까지 '나는 대통령 아니면 스님이 될 거다'라고 선언하듯 외치곤 했는데, 그것은 단순히 어머니와 나를 향한 사람들의 무시와 무례함에 대한 것뿐만 아니라, 가난한 약자에게 불공정하고 부당하게 작동하는 현실에 대한 나의 비판과 항의의 뜻이 담겨 있었다. 나는 생각했다. 사람들에게서 불이익을 당하지 않으려면, 최고로 힘 있는 자리에 올라야 한다. 대통령이 되어야 한다.

그 모든 불공정한 현실을 바꿀 수 있는 유일한 존재가 이 나라 '최고의 힘을 가진 사람', 그날의 외침은 단순한 허세가 아니었다. 불의

에 대한 반발이었다. 무시당하고도 아무 말 못 하는 약자가 되지 않
겠다는 결의였다.

2장

흙수저,
서울대를 꿈꾸다

현장에서 답을 찾는
행동의 리더십

마산공고 진학과 통학길에서
미래를 꿈꾸다

나는 중학교 때 장래 희망을 적는 칸에 '대통령 아니면 스님'이라고 썼다. 칼끝처럼 벼린 의지였다. 그러나 그때까지 학업에 대한 각성은 없었다.

중학교에 다니는 동안에도 나는 여전히 농사를 도왔고, 뒷산에 소 먹이러도 가는 등 여느 시골 아이들과 같은 생활을 했다. 중학교 3학년 때까지도 그렇게 공부를 진지하게 생각하지는 않았지만, 성적은 좋았던 모양이다.

한창 산업고도화 시기였던 당시에는 일반계고등학교인 마산고등학교나 마산상업고등학교, 마산공업고등학교는 성적이 좋아야만 갈 수 있는 마산의 대표적인 세 개(마삼고)의 명문 학교였다. 그래서 원서조차 아무나 써 주지 않았고, 성적이 좋아야만 갈 수 있었다.

집안도 넉넉하지 않았던데다 공창(해군 항공창)에 다니던 아버지는 내가 마산공업고에 가는 것을 적극 찬성했다. 그런 집안 분위기에 따라 나는 그것을 당연하게 생각했고 아버지 또한 그것을 희망했기에 나는 마산공고로 진학하게 되었다. 그것이 1976년의 일이다.

처음에는 마산공고를 다니면서도 장래 희망이나 진로에 대한 별다른 고민은 없었다.

단지 창원 사파동과 상남동을 벗어나 마산으로 통학하게 된 것이 내게는 현실적인 더 큰 변화였다.

마산은 당시 자유수출 공단이 있는 큰 공업도시였다. 시골에 갇혀 살던 나로서는 많은 것을 볼 수 있었다.

창원 사파정에서 마산으로 가려면 상남까지 걸어가 기차를 타고 마산역에 도착하여 다시 버스를 타고 학교로 가야 했다.

통학 시간의 버스는 늘 미어터졌다. 자유수출 지역이 있는 아침 시간에는 공단으로 출근하는 사람들과 뒤섞여 다녔다. 특히 앞에서는 수출공단 사람들이 많이 타고 내렸다.

당시 수출공단을 다니던, 젊고 앳된 근로자들을 사람들은 "공돌이", "공순이"라고 불렀다. 나보다 고작 몇 살 밖에 차이 나지 않는 그들을 바라보면서 막연하게 '나도 학교를 졸업하면 저 생활을 하게 되는 건가?' 하고 생각했다.

그때까지는 그렇게 큰 고민 없이 생활 형편에 따라 정해진 순서대로 이끌려 갈 것이라 막연하게 생각했다.

내가 마산으로 통학할 때면 버스뿐만 아니라 기차도 이용했다. 당시 사파정 아래 상남에는 마산역으로 가는 기차가 있었다. 가끔 구마산 역장인 둘째 큰아버지仲父가 개찰구에서 역무원 모자를 쓰고 조그만 종이 기차표에 가위처럼 생긴 개찰기로 구멍을 내며 개찰하는 모습을 보기도 하였다. 둘째 큰아버지는 나를 만나면 용돈으로 10원짜리 동전을 주기도 했다. 내 아버지의 고단한 생활과는 다른 여유가 느껴졌다. 나는 가끔 생각했다. 우리 아버지에게 땅이 있다면 우리 아버지도 여유 있게 살 수 있을까?

마산으로 가는 길은 길고, 버스는 붐볐고, 기차는 느렸다. 그러나 그 길 위에서 나는 세상을 보았다. 공단으로 몰려드는 젊은 노동자들의 얼굴, 차창 밖으로 스쳐 가는 도시의 풍경, 역무원의 손끝에서 잘려나가는 작은 종이표. 그것들이 내 눈에 새겨졌다.

나는 여전히 가난했고, 여전히 불확실했다. 그러나 그 길 위에서 나는 막연한 꿈을 품었다. '나는 이 길을 넘어야 한다. 나는 더 큰 길로 나아가야 한다.'

"자네,
서울대를 한번 가보게"

나는 중학교 때까지 공부에 큰 뜻을 두지 않았다. 농사일을 도왔고, 소를 먹이고, 논에 물을 대며 살았다. 공부는 그저 주어진 일이었고, 성적은 그럭저럭 좋았다. 그러나 마음속에 불은 없었다.

그러던 어느 날 공부를 통한 나의 미래와 학업 진로에 눈을 뜨는 계기가 생겼다.

고등학교 진학하고 난 뒤, 1학년 1학기가 지나고 학교 통지표가 나왔다. 우리 반 담임 선생님은 최병규 선생님이었는데 통지표 가정 통신란에 선생님의 짧은 격려와 당부가 적혀있었다.

'조금만 더 노력해서 장학생이 되도록 해 봐.'

그때껏 담임 선생님이 특별히 나에게 칭찬해 주기는 처음이었다.

'장학생'이라니, 한 번도 생각해 보지 않은 일이었다. 그동안 성적이나 학업에 관하여 특별하게 생각하지 않았지만, 중학교 때 물상物象, 자연과학 선생님도 나에게 말한 적이 있긴 했다. "조금만 더 열심히 공부해 봐. 너 물상 잘한다. 엄청나게 잘하는데."

지금도 좋은 선생님으로 기억하고 있는데, 그때 선생님은 그런 칭찬인지 격려인지를 무덤덤하게 해주었다.

고등학교 1학년 담임인 최병규 선생님의 가정통신표에 담긴 그 짧은 격려는 우리 집에서는 아무도 몰랐다. 그런데 내가 공부를 잘한다는 사실을 알게 된 것이, 나보다 두 살 많은 큰아버지네 조카가 와서 우리 큰형에게 말하더라는 것이다.

"아재요. 우리 기윤이 작은 아재. 마산공고서 1등이래요."

이 사실을 말해준 사람은 우리 마을 큰아버지伯父네 둘째 아들의 아들이었다. 집안 항렬로는 내 조카였는데, 나이로는 나보다 두 살 많았다. 마산공고 야간 산업체에 다니고 있어서 과정은 달랐지만 같은 학교를 다니고 있었다.

그래서 자신의 담임 선생님을 통해서,

"우리 반 강가는 공부를 1등 하는데 너는 왜 이리 공부를 못 하느냐?"

라는 핀잔을 들었다고 했다. 그 강가가 강기윤이라는 것을 알고, 집안 아재라고 했더니,

"너의 그 아재는 공부를 잘해서 1등 한다."

라고 했다는 것이다.

'칭찬은 고래도 춤춘다'라는 말이 있듯이 그때껏 아무런 생각조차

없었는데, 1학년 1학기 때 담임선생님의 칭찬을 받고 공부에 대한 의욕이 생겼다. 가난은 내가 지금은 어쩔 수 없는 먼일이지만, 공부는 지금 내가 할 수 있는 일이었다.

'그래, 나도 장학생이 한번 돼 보자'라는 생각이 들었다. 뚜렷한 목표가 생긴 것이다. 그때부터 공부를 열심히 하게 되었다. 그리고 마침내 1학년이 끝날 무렵 나는 드디어 장학생이 되었다.

1학년 2학기를 마치고 겨울 방학에 들어가기 전 전교생이 모여 방학식을 했다.

방학식 날 전교생이 모인 가운데 내 이름이 불리고 나는 단상 위로 올라가서 교장 선생님이 주는 장학 증서를 받았다. 그날 나는 처음으로 자신에 대해 뿌듯한 자부심을 느꼈다.

그 뒤 신학기가 되어, 2학년으로 올라가고 조금 지났을 때인데, 어느 날 한정학 교장선생님이 2학년 반을 다니시면서 내 이름을 부르시는 것이었다.

그래서 교장선생님을 찾아갔더니 선생님이 말씀하셨다.

"어이, 자네. 공부 더 열심히 해서 서울대를 한번 가보게."하시는 것이었다.

그때껏 한 번도 생각지 못한 말씀이라 놀랐지만, 동시에 누군가의 기대를 받는다는 것이 너무나 가슴 뛰는 일이었다. 가슴 떨리고 벅찬 일이었다. 지금 생각해 보면, 교장 선생님 역시 가능성 있는 학생을 북돋아 서울대로 진학하게 한다면, 마산공고에도 서울대로 가는 학생이 있다는, 학교의 명예를 높일 수 있는 일이었다. 그 목적이 무엇이었든, 교장 선생님의 기대를 모으고 있다는 생각에 더 열심히 공부해야겠다고 각오를 다졌다.

그날 이후, 나는 공부를 시작했다. 책상 앞에서 밤을 지새웠다. 가난은 여전히 내 곁에 있었지만, 공부는 내 손에 있었다. 나는 꺾이지 않았다. 나는 서울대를 향해 걸어가기 시작했다.

'꽁꽁 언 밥'을 먹으며
다진 각오

어머니는 도시락을 세 개 싸주셨다. 내가 공부에 뜻을 둔 이후, 고등학교 학생 시절 내내, 어머니의 아침은 그렇게 시작됐다. 그런데 그 세 개의 도시락은 단순히 한 끼 식사를 넘어선, 마음 깊이 의지를 단단히 새기는 의식 같은 것이었다.

이른 아침마다 어머니는 정성껏 도시락을 싸주셨다. 나는 점심에 하나, 그리고 저녁 5시에 하나, 그리고 밤 10시 이후에 마지막 도시락을 먹었다. 막차 시간인 밤 11시에 맞춰 귀가하기 전, 고된 하루를 마무리하는 식사였다.

도시락 반찬은 늘 소박했다. 된장에 박은 장아찌나 김치 정도가 전부였다. 특별할 것 없는 단출한 메뉴였지만, 가장 고역스러웠던 건 겨울밤에 먹는 찬밥이었다. 밤 10시에 열어보는 도시락 속 밥은 차가움을 넘어 얼어있기 일쑤였다. 교실에 홀로 남아 도시락 속의 언 밥을 씹으며 나는 생각했다.

'지금은 찬밥을 먹지만, 이것을 먹고 꼭 출세하고 말겠다.'

그 언 밥알은 차갑고 단단했다. 그러나 그 밥알을 씹으며 새긴 다짐은 뜨거웠다. 그것이 나를 움직였다.

교장 선생님과의 대화를 통해 지금 이대로는 안 된다는 깨달음을 얻었다.

2학년 반이 그대로 3학년으로 편성되는데, 친해진 친구들과 어울리고 놀게 되면 많은 시간을 빼앗기게 되고 그렇게 되면 내가 다진 각오가 희미해질 것 같았다.

다른 반으로 가야 했다. 친구들과 떨어져 나 홀로 공부에 몰두할 환경이 절실했다. 친구들과의 소란스러운 시간을 뒤로하고, 오직 꿈을 향해 나아가야 한다는 생각이 머릿속을 지배했다.

결국 나는 친한 친구들과 떨어져 나를 전혀 모르는 다른 반으로 갈 결심을 했다. 담임 선생님을 찾아가 반을 바꿔 달라고 요청했다. 당연히 쉽게 허락되지 않았다.

선생님은 그 이유를 물었다.

"친구들과 좀 떨어져서 공부해서 대학으로 가고 싶습니다. 반을 옮기게 해주세요."

내 간절한 이유를 들은 담임 선생님은 결국 '찐빵 선생님'이라 불리던 선생님을 소개해 주셨고, 나는 그 선생님을 찾아가서 나의 의견을 말씀드렸다. 그렇게 우여곡절 끝에 나는 반을 옮길 수 있었다.

이 일은 당시로서는 유일무이한 일이었다. 이미 2학년 초에 전공이 정해지는 시스템이었기에 중간에 다른 반으로 이동하는 것은 불가능에 가까운 구조였기 때문이다. 반을 옮기는 과정은 어려웠지만, 그만큼 내게는 절실한 선택이었다.

마침내 3학년 때 기계 A반으로 배정받았는데, 이곳은 용접 등 전문 기술을 배우는 반이었다.

나중에 만난 기계 A반 친구들은 지금까지도 '넌 어떻게 해서 우리 반에 들어왔느냐'라고 신기해하며 묻곤 한다. 내가 찬밥의 각오와 친구들과의 단절을 선택했던 과정을 이야기해 주면, 그들은 놀라움과 함께 나에 대한 인상을 말하곤 했다.

"하긴, 너는 그때, 그냥 맨날 조용히 공부만 하던 아이였지."

나는 정말 아이들과 어울리는 것은 최소화하고 늘 공부만 하고 있었다. 그때는 오직 서울대 진학이라는 목표를 향해 열심히 공부하던 때였기 때문이다.

지금도 같은 반 친구들을 만나면 이제는 이렇게 묻곤 한다.

"그런데 너는 어떻게 정치를 할 생각을 다 했냐?"

그들은 기술을 배웠다. 정치인은 생각지도 못했다. 그러나 나는 그때의 고독한 결심을 기억한다. 밤 열 시, 꽁꽁 언 찬밥을 먹으며 다진 각오. 그것이 오늘의 나를 만들었다. 꿈을 향한 길에서는 때로는 친구와의 결별이 필요하다. 익숙한 환경과의 단절이 필요하다. 나는 그 길

기계과 A반 실습

앞줄 선생님 왼쪽 첫 번째

을 걸었다.

고난과 역경은 여전히 있다. 그러나 그 시절이 있었기에 지금의 고난은 견딜 만하다. 얼어붙은 밥알을 씹던 그때의 결심이 지금도 내 안에 있다.

어두운 밤길을 함께 걷던 동네 사람들

　실업계 고등학교에서 대학에 진학하려면 남보다 다른 방식의 공부가 절실했다.

　학교 수업 전이거나 수업을 마치고 난 이후에는 도서관으로 가서 공부했는데, 도서관의 열쇠를 내가 가지고 다녔을 정도로 나는 도서관 붙박이였다. 아침 일찍 학교에 가서 밤 11시쯤 막차를 타고 오면, 11시 반쯤 창원 상남 극장 앞에서 내렸다.

　그런데 지금도 생각나는 풍경이 내가 막차를 타고 상남극장 앞에서 내리면 우리 동네 사람들이 옹기종기 모여 나를 기다리고 있었다. 주로 동네 누나들과 여동생들이었는데, 밤늦은 시간 우리 마을까지 걸어 올라가는 길이 어둡고 외져, 나와 함께 가기 위해 모여 있는 것이었다.

　동네까지 밤길이 무서웠기 때문이다. 마을 젊은 여자들이나 여학

생들은 늦은 시간 다닐
때면 '기윤이가 밤늦게 오
기 때문에 기윤이하고 같
이 오면 되겠다'라고 당
연하게 생각했다. 내가 늘
늦도록 공부를 하고 막차
를 타고 다녔기에 마을
사람들은 안심할 수 있었
다. 그것은 그들의 부모들
도 원하는 것이었는데, 내
가 그들의 밤길 지킴이가
되어 주지 않으면 부모님

들이 막대기를 들고 와서 마중 나와 있어야 했다. 가로등도 제대로
없는 신작로와 논밭이 있던 시골 마을이라 발밑도 잘 보이지 않던
어두운 밤길을 걸을 때면 막대기가 필요할 정도였다.

그때 시골 마을 사람들은 그랬다. 그 깜깜한 밤 시골길은 마을 사
람들에게 두려움과 무서움이 있었기에, 여우에게 홀렸다느니, 밤길
둑길에 술 취해서 발견되었다느니, 하면서 이야기를 만들어낼 때였
다. 그래서 마을 들어가는 밤길도 서로 같이 기다렸다가 같이 모여서
들어가곤 했다.

사실 나 또한 그 밤길이 그들과 함께 있었기에 전혀 외롭거나 무섭

지가 않았다.

그들과 이야기도 하고 동생들은 손을 잡고 이끌며 다니던 그 길은 하루를 마치는 순수하고도 즐거웠던 시간이었고 고단한 하루를 따뜻하게 마치는 시간이었다. 그 시간 밤늦은 그 길을 걸었던 사람들은 무엇인가를 열심히 하는 사람이었고, 그 길은 걸어야 할 길이었다. 그 길은 내 청춘의 밤길이었다.

3장

전문대 진학과
강도끼라 불리던
군 복무시절

현장에서 답을 찾는
행동의 리더십

현실의 벽 앞에
전문대를 진학하다

    고등학교 3학년 마지막 무렵 나는 서울의 대학을 지망했다. 예비고사를 치렀다. 그때는 예비고사 지역지망이 있었다. 자신이 지망한 지역 말고는 다른 지역으로 갈 수 없었다.

    그런데 예비고사 시험 치르고 합격선에 들지 못했다. OMR 카드 작성을 잘못한 건지 예비고사 예상 성적은 점수가 그렇게 나쁘지 않았는데 나온 시험 결과는 합격선에 들지 못했다. 학교에서는 30퍼센트 가산점이 있는 동일계 전형으로 써주었지만, 운이 따라주지 않았다. 그렇게 인서울은 실패하고 말았다. 아직 졸업 전이지만, 재수할 것인지, 가까운 지방으로 가려고 해도 지원한 해당 지망 지역인 서울 외에는 길이 없고 해서 앞길이 불투명했다.

    나는 집에서 독학을 하기로 결심했다.

    그즈음 어머니는 내가 공부할 장소를 물색하셨다. 사파동 뒷산

근처에 목장이 있었는데 어머니가 그 목장 안주인과 친했다. 어머니가 그 집에 가서 일을 많이 거들어주기도 했다. 목장 안주인은 "서울댁"이라 불렸는데, 친인척이 가까이 없어서 외롭던 차에 어머니와 친하게 지내고 있었다.

목장은 마을에서 외따로 떨어져 있어 매우 조용한 곳이었는데, 이미 폐업을 하여 마침 목부들이 자는 방이 비어 있었다. 거기 방을 정리하고 올라가서 공부하기 시작했다.

그러던 어느 날 목장 딸인 순옥이라는 친구가 찾아왔다.

보니 내가 자신의 집인 목장 목부방에 있다고 하니 인사차 들른 듯했다. 순옥이는 중학교 졸업 후 낮에는 자유수출 공단을 다니고 야간고등학교를 다니고 있었다. 당시에는 그런 실업계 학교를 많이 다녔다.

학교 마치고 올라온 듯 밤 9시쯤에 삼립빵과 환타를 사가지고 올라왔다.

"기윤아, 이제부터 여기서 공부한다면서?"

그렇게 올라와서 한참 이런저런 이야기를 하다가 내려갔다.

이튿날 또 순옥이는 올라왔다. 우선 처음에는 오랜만에 중학교 때 친구를 만나 반갑고 좋았지만, 그렇게 어울리다 보면 나도 모르게 공부할 시간을 빼앗길 것 같았다. 고등학교 때 공부를 위해서 반을 바꿔가면서까지 친구들과 거리를 유지했는데, 또다시 내 목표를 잃을 것 같았다.

게다가 나는 한참 내 진로에 대해 고민이 많을 때였다.

재수하게 되면 집안 형편이 안 되기에 장학생으로 갈 수밖에 없었다. 생활비도 해결해야 하고, 여러 가지 환경에 재수 비용도 들 것 같았다. 그 모든 어려움을 넘으려면 시간을 낭비해서는 안 될 일이었다.

"더 이상 이곳에 머물러서는 제대로 된 공부를 할 수 없겠다." 절박함이 나를 짓눌렀다. 어떤 형태로든 환경을 바꿔야만 했다. 돌파구를 찾기 위해 고민하던 어느 날, 신문 한구석에 실린 광고 하나가 내 눈을 사로잡았다.

'전문대학 졸업 후 4년제 대학 편입학 가능'

순간 머릿속에 새로운 계획이 그려졌다. '그래, 일단 전문대에 진학해서 학업을 이어가자. 그곳에서 실력을 갈고닦아 서울대나 다른 명문대로 편입하면 된다.'

하지만 장벽이 가로막고 있었다. 당시 나는 대입 예비고사를 서울 지역으로 응시해 둔 상태였다. 당시 입시 제도로는 서울 지역 응시자가 경남 지역 대학으로 곧바로 지원하는 것이 불가능했다.

그런데 하늘이 무너져도 솟아날 구멍은 있었다. 모집 요강을 꼼꼼히 살피던 중, '경남대학교 병설 공업전문대학'의 독특한 전형을 발견했다. 예비고사 성적이 아닌, 오직 고등학교 내신 성적만으로 선발하는 '고교 성적 우수자(3%) 특별 전형'이었다.

다행히 학창 시절 성실하게 관리해 둔 내신 성적이 나를 구원했다. 나는 주저 없이 원서를 냈고, 결과는 합격이었다. 비록 남들처럼 화려한 4년제 입학은 아니었지만, 내 꿈을 향해 다시 달릴 수 있는 소중한 기회를 그렇게 스스로 만들어냈다.

그렇게 하여 79학번으로 경남대 부설 공업 전문대학으로 진학하였다. 다행히 재수하지 않고 고등학교 졸업하고 곧바로 입학했다.

그런데 학교 다니고 1년이 다 된 1979년 12월, 12.12사태가 일어났다.

나는 전문대로 진학했어도 편입을 염두에 두었기에 공부를 열심히 했다. 1학년 1학기 때 성적을 보면 거의 전부 A+ 대였다.

학교 분위기는 나날이 시끄러웠다. 거의 날마다 시위가 일어나고 정치적 변수가 많아 공부할 분위기가 아니었다.

2학기 때 성적을 보면, A+였던 점수들이 B, C가 많이 섞이게 되었다.

1980년, 2학년 1학기가 되어 신군부가 들어섰다. 이래저래 어수선한 가운데 2학기까지 학업을 마치고 81년도 2월에 졸업했다.

1979년 겨울 태종대에서
바다에 빠진 여학생을 구조한 사연

1979년 겨울, 나는 경남대병설공업전문대에 다니고 있었다. 내 가장 친한 친구 김준호는 부산공업전문대에 재학 중이었고, 대연동에서 하숙을 하고 있었다. 우리는 초·중·고를 함께 다닌 오랜 친구였기에, 부산 생활을 시작하면서도 자주 어울렸다. 그해 12월, 처음으로 태종대를 함께 찾았다.

태종대 자살바위에 앉아 이야기를 나누던 중, 아래 편편한 바위에 교복을 입은 여학생 두 명이 앉아 있는 것을 보았다. 잠시 후, 그들은 바다에 빠져 허우적거리고 있었다. 서로를 붙잡으며 물에 떠다니는 모습은 거의 실신 상태에 가까웠다.

주변 사람들은 망설이기만 했고, 친구는 위험하다며 말렸지만 나는 망설일 수 없었다. 웃통을 벗고 바다로 뛰어들었다. 파도에 휩쓸리며 몇 번이나 위험에 처했지만, 김준호가 허리띠를 던져주어 가까스로 버틸 수 있었다. 나는 여학생들의 목덜미를 붙잡아 바위 쪽으로 끌고 나왔고, 그 순간 인근 어부가 뗏목배를 몰고 와 구조를 도왔다.

배에 실린 여학생들은 거의 의식을 잃은 상태였다. 백사장으로 옮겨진 뒤 인공호흡을 시도했고, 곧 119가 도착해 병원으로 이송되었다. 그 학생들은 대구 출신으로, 다행히 목숨을 건졌다는 소식을 들었다.

그날의 사건은 부산일보에 작은 기사로 실렸다고 전해졌다. 직접 확인하지는 못했지만, 내 친구 김준호는 지금도 그 일을 이야기하며 "정의롭고 의리 있는 행동이었다"고 회상한다.

구조를 마치고 돌아오는 길, 젖은 옷을 세탁소 탈수기에 말리고 다시 갈아입었던 기억이 또렷하다. 그날의 추위와 파도의 거센 힘, 그리고 생명을 구했다는 안도감은 지금도 생생하다.

돌아보면, 그 순간은 단순한 우정의 기억을 넘어 *생명을 건진 결정적 장면*이었다. 위험을 무릅쓰고 뛰어든 나, 허리띠를 던져준 친구, 그리고 뗏목배를 몰고 온 어부까지. 모두가 함께 만들어낸 기적이었다. 지금도 그 학생들이 살아 있다면, 그날의 기억을 잊지 않고 있을 것이다.

그때부터, 타인의 고난에 처했을 때 동행하는 의협심과 불의를 보고 참지 않는 정의감이 싹터 정치의 길로 들어서지 않았나 생각한다.

군에서
'강도끼'로 불린 이유는

졸업하자마자 군대에 갔다. 1981년 5월 1일. 제12사단. 진부령 고개. 강원도의 산골이었다. 겨울이 오면 눈이 많이 왔다. 강원도의 눈은 심심하면 폭설이었다. 낱낱의 눈송이들이 아렸다.

제12사단 65포병 대대가 위치한 진부령 고개에서 복무하였다. 지금도 강원도 인제 원통을 지나갈 때면 군대 생활하던 곳이라 반가운 마음이 들기도 한다.

어딘지도 모르고 기차 타고 가면서 서울역에 내려서 다시 버스 타고 소양강 댐에 가서 배를 타고 산기슭에 내리라 해서 내리니까 육군 트럭이 와 있었는데, 하루 종일 그 먼 길을 자대 찾아오던 그 막막하고 낯설던 일이 아직도 기억에 남아 있다. 다른 사람 다 발령받아 갔는데, 나 혼자 남아 있던 차라 배치되어 가는 것이 기쁘면서도, 강원도 산골 깊은 곳이라 막막했다. 지금까지 진부령에 대한 기억에는 눈이 엄청나게 많이 오던 것이 기억난다.

포병대대에서 곡사포를 다루었는데 주특기는 포병 사격 지휘이다.

논산에서 4주 교육을 받고, 후반기 교육을 광주 포병학교에서 7주 교육을 받았는데, 광주 포병학교 7주 받을 때, 포병 학생장을 했다. 광주 포병학교에서 포가 날아가는 방향이나 높이, 각도를 계산하는 포병학이나 포술 공부를 많이 했다.

자대에 배치받으면 그곳에서 특기병으로 근무할지를 판단하는 단순한 시험이 있었다.

1분에 1부터 숫자 쓰기를 누가 빨리 쓰는가, 하는 시험이었다. 당시 내가 1분에 130까지 종이에 써서 일등한 것으로 기억한다.

나는 자대에서 컴퓨터병이라 불렀다. 컴퓨터 병은 풍향, 풍속에 따라서 계산해서 명령을 내리면 그에 따라 포를 사격한다. 산꼭대기 관측병의 좌표에 따라 컴퓨터병들이 계산하여 목표를 수정해 간다.

포병에서 이 컴퓨터병의 역할이 크기 때문에 나는 아침 점호를 생략할 때가 많았다.

아침점호는 인원 점검하고, 그다음 오늘 일할 거, 일정을 정해서 각자 할 일을 배정하여 지시하는 일을 했다.

특히 상병 때 나만 점호를 특별히 빼준 이유는 아침에 산꼭대기에 올라가서 전송된 메트로를 확인해야 했다. 그날의 풍향과 풍속에 대한 자료를 담은 메트로가 전송된다. 이 자료를 참고하여 계산해서 점호 끝나고 올라오는 포수들에게 좌표에 따라 포 조준(방열)을 지시

한다.

그렇게 아침에 그날그날의 그 풍향, 풍속을 보고 받고 좌표 설정하기 때문에 아침 점호에서 제외되는 특가병 역할이었다. 그래서 아침이면 대부분 나는 위장막으로 가려진 상황실 벙커에 가 있곤 했다.

한번은 상병 때였다.

내 밑의 이등병이 집에서 팬티를 보냈다는데 팬티가 안 온다고 내게 하소연을 했다.

집에서는 보냈는데, 부대에서는 깜깜이라는 것이었다.

내가 군생활하던 당시는 부대에서 각종 속옷, 특히 팬티를 나눠주기는 하는데, 부대원들 중에는 빨아 입기도 귀찮고, 낡아서 더러 이등병의 새 속옷을 훔쳐 입기도 했다. 같은 관물함에서뿐만 아니라 빨래터에서, 같은 포대에서만이 아니라 다른 포대의 것까지 좋은 것은 다른 사람의 것을 훔쳐가기도 했다. 그래서 갓 배치받아 온 이등병은 알게 모르게 팬티를 도둑 맞거나 잃어버리는 일이 흔했다. 매직으로 이름을 아무리 써놔도 소용없는 일이다. 그래서 집으로 속옷 보내달라고 부탁하는 것이 다반사였다. 그런데 그 속옷조차 제대로 받을 수가 없으니 속이 터지는 일이다.

그런 일이 있고 난 뒤, 일요일 휴식 시간에 개울가에서 라면을 끓여 먹고 오니까 점호시간이 되었다.

저녁에 점호하면서 그동안 쌓였던 불만을 말했다.

"아니, 무슨 놈의 군대가 도둑놈도 아니고, 팬티를 하나밖에 안 주고, 애들이 군대 와서 팬티도 안 입고 다니란 말인가?”

하고 따졌다.

“아무리 그래도 그렇지, 집에서 팬티를 부쳤으면 팬티를 본인에게 줘야 할 거 아닌가, 왜 팬티를 안 돌려주고 그러냐?”

하고, 큰 소리로 따졌다.

그랬더니 행정실에 있던 일병이 오더니,

“도끼 형. 그렇게 얘기하시면 안 됩니다. 안에 지금, 인사계장이 와 있습니다.”

우리 인사계가 그때 당직이었다.

“아, 와 있으면, 있는 거지. 왜 애들 팬티를 안 돌려주냐고.”

내가 여전히 큰 소리로 떠들었다.

그런 일이 있고 그날 저녁은 그대로 자고 아침에 일어났는데, 그날 아침에 인사계장이 오더니, 갑자기 점호받으라고 하였다.

이미 다른 사람들은 점호 나가고 없었다.

“너는 점호 왜 안 받냐?”

“아, 저는 지금 올라가서 메트로 풀고 그거 방열(포 조준)해야 합니다. 저는 특기병 아닙니까?”

하니까 인사계장이 말했다.

“이 새끼, 잔소리 말고 점호나 받아.”

하고 소리쳤다. 그래서 나 또한 따졌다.

“아, 왜 이러는데요?”

군 복무 시절의 나(앞줄에 앉아 있음)

"어? 이 새끼, 점호받으라고 하면 점호받아야지."

하면서 주먹을 휘둘러 맞았는데 그게 얼마나 아픈지 뼈가 부서지는 줄 알았다. 그래서 나는 냅다 도망쳐버렸다. 뒤에서 부르는데도 뛰어서 벙커로 도망을 가버렸다.

한 참이 지나서 인사계장이 와서,

"그래, 괜찮냐?"

나 또한 그가 더 이상 문책을 하지 않을 것 같아 덤덤하게 말했다.

"아니, 인사계님. 아무리 그렇지만 저한테 이런 식으로 하면 됩니까? 아니, 왜 사람을 때리고 그러세요?"

하니, 그가 달래는 투로 말했다.

"그래, 알았어. 알았어. 그래 맞은 것은 괜찮냐?"

미안해하는 것이었다.

"괜찮기는 뭐가 괜찮아요? 보세요, 여기. 두들겨 맞은 곳이 아직 부어 있어요."

그 이후로 사랑도 받고 그와 잘 지냈다.

그 뒤로 부대원들은 내가 자신들을 대신하여 목소리를 대신 내준다고 나를 남자다운 남자, "강 사나이"라 불렀다.

그렇게 윗사람은 윗사람대로 아랫사람은 아랫사람대로 사람들과 두루두루 잘 어울렸다. 그래서 사람들이 대체로 나를 인정 있는 의리의 남자라고 생각했다.

또한 나는 시골에서 자라면서 거친 일도 해보았기에, 나는 군대 내에서 겨울 화목 장작 패기도 잘하였다.

군시절 사진

진부령에서 올라가면, 우리 포부대 근처에서 나무를 베어서 도끼로 패어 화목을 장만하였다. 도끼질을 잘하여 부대원들은 내 별명으로 "강도끼"라고 부르기도 하였다.

그때는 구타도 있었지만, 내가 맞는 한이 있어도 아랫

사람을 때리지 않았다. 오히려 그들의 어려움을 대신 들어주고, 윗사람들한테는 바른 소리를 하기도 했다. 그래서, 후임들이 억울한 일 없도록 했다.

말년 군대 제대할 때는 후임들이 산에서 토끼를 잡아서 회식해 주기도 하였다.

군 생활 하면서 수많은 일화를 만들기도 하였다.

그렇게 1983년 12월 8일 병장으로 만기 전역하여 병역을 마쳤다.

그러나 그 별명은 남았다. 강도끼. 의리의 사나이.

4장

LG전자 연구원으로 산업 현장에서 일하다

현장에서 답을 찾는
행동의 리더십

LG연구소에서
'의리의 사나이'로 통하다

1984년 4월 1일, 나는 LG전자(당시 금성사)의 사원증을 목에 걸었다. 1981년 경남대학교 병설 공업전문대학을 졸업하고, 곧바로 입대하여 1983년 12월 만기 전역한 직후였다. 몇 달 뒤 있었던 LG전자 사원 모집 공고가 내 인생의 항로를 결정했다.

당시 채용은 대졸 공채가 아닌 고졸 5급 사무직 모집이었으나, 나는 주저하지 않았다. 고교 시절 성실히 관리해 둔 우수한 내신 성적 덕분에 합격의 문을 열 수 있었다. 학력의 간판보다는 현장에서의 실력이 중요하다고 믿었기 때문이다.

첫 발령지는 창원공장 연구소였다. 그곳에서 나는 내 직장 생활, 아니 인생의 멘토가 될 강렬한 인물을 마주하게 된다. 바로 당시 초대 연구소장이었던 김쌍수 소장이었다.

그는 1969년 말단 직원으로 입사해 누구보다 일찍 출근하고 가장 늦게 퇴근하는 '지독한 연습벌레'이자 '실전형 리더'였다. 내가 입사했을 때 그는 삭발에 가까운 짧은 머리를 하고 있었는데, 교통사고 후유증이라는 소문이 돌았다. 그 모습 때문인지 그의 눈빛은 더욱 강단 있고 대범해 보였다.

그는 신입사원인 나에게 늘 "현장을 알아야 한다"며 사출 성형 기술을 익힐 것을 권했다. 그 조언에 따라 나는 일본의 선진 사출 기술을 밤낮으로 파고들었고, 훗날 협력업체들에 기술 지도를 할 수준까지 성장할 수 있었다.

김쌍수 소장은 훗날 LG전자 부회장을 거쳐 한국전력공사 사장을 역임하며 아랍에미리트UAE 40조 원전 사업을 수주한 입지전적인 인물이다. 현재 내가 몸담고 있는 이곳 남동발전KOEN에서도 그를 모르는 직원이 없을 정도다. 에너지 업계에서 그는 여전히 살아있는 전설이다.

그의 경영 철학은 명쾌했다. "선택과 집중", 그리고 "5%는 불가능해도 30%는 가능하다." 5% 성장을 목표로 하면 기존 방식에 안주하지

만, 30%라는 파격적인 목표를 세우면 접근 방식 자체를 혁신하게 된
다는 그의 지론은, 갓 사회에 발을 디딘 나에게 신선한 충격이었다. 주
경야독하며 '형설지공螢雪之功'으로 밑바닥부터 최고 경영자까지 오
른 그의 삶은 그 자체로 나의 교과서였다.

그의 뒤를 이어 부임한 임금식 소장은 온화한 리더십으로 연구소를
이끌었다. 강인함과 온화함, 두 스승 아래서 나는 엔지니어로서의 기
본기를 단단히 다져나갔다.

연구소의 공기는 늘 뜨거웠다. 우리는 매일 아이디어를 내고, 실패
하고, 다시 시도했다. 냉장고, 전자레인지, 세탁기 등 가전제품의 신제
품 샘플을 만들고 부품을 개선하는 것이 나의 주 업무였다.

그중에서도 가장 기억에 남는 것은 '김치냉장고' 개발 프로젝트였
다. 당시 우리는 "어떻게 하면 땅에 묻은 김장독 맛을 재현할까?"라는
난제와 씨름하고 있었다. 나는 경상대 식품영양학과 출신인 고영득
박사의 실험을 보조하며 밤을 지새웠다. 김치의 맛은 단순한 '보관'이
아니라 '숙성'에 있었다. 우리는 역발상을 시도했다. 차가워야 할 냉장
고 안에 '히터'를 집어넣은 것이다. "냉장고에 웬 히터냐"고 할지 모르
지만, 유산균이 가장 잘 자라는 숙성 온도를 맞추기 위해서는 초기 가
열이 필수적이었다. 우리는 장독 단지에 김치를 채우고, 히터로 온도
를 조절하며 최적의 숙성 데이터를 찾아냈다. 수많은 시행착오 끝에

LG전자(구 럭키금성사) 연구원시절 고사 지내는 모습

특허 기술들이 탄생했고, 그렇게 만들어진 김치냉장고는 시장에 나오자마자 폭발적인 인기를 끌었다.

대한민국의 식문화를 바꾼 그 역사적인 현장, 그 뜨거웠던 혁신의 한가운데에 바로 내가 있었다.

고단했지만 서로를 위로하며
희망을 잃지 않았던 연구소 시절

1984년부터 1994년까지, 나는 LG전자 연구소에서 10년을 근무했다. 그 시절의 기억은 고생과 동료애로 가득하다.

당시 나는 윗사람들 못지않게 동료들이나 아랫사람들과의 소통도 열심히 했는데, 그 덕분인지 내가 팀장으로 있을 때는 우리 연구소 직원들이 내게 별명을 붙여주길 '정의로운 사람' 혹은 '의리의 남자'로 불렀다.

그때 당시에는 회사 분위기가 계층적이고 경직된 편이었다.

상사의 눈치를 많이 보고 어렵게 생각하는 경향이 있었다. 깐깐한 상사들은 허술하게 넘어가는 법 없이 지적하곤 했다. 그러면 밑의 직원들은 결재받으러 올라갔다가 이런저런 지적과 잔소리를 듣고 올 때면 내게로 와서 하소연하기도 했다. 그때 나는 위로와 조언을 많이 해주었다. 또 오해를 사거나 부당한 일을 겪으면 대신 가서 저간의 사정

을 밝혀 주기도 했다. 그때도 무언가 부당하고 공정하지 못한 일 앞에
서는 참지 못하고 따져서 밝혀야만 하는 경향이 있었다. 가난함 속에
서 받은 가족들의 부당한 대우에 민감해져, 어려운 사람들에 대한 연
민도 함께 품고 있었다. 그렇다고 윗사람을 적대시하거나 하지는 않
았다. 나의 항의는 사람에게로 향하기보다는 일과 구조의 불합리함에
관심이 더 많았다. 개인 인간성이 문제라면 그 사람을 피하면 되지만
구조적 문제는 모든 사람이 관련되어 피해를 볼 수 있기 때문에 빨리
바로잡는 것이 중요하기 때문이다.

어디나 마찬가지지만, 회사원들의 최대 관심은 승급 문제이다.

1년마다 있는 진급 시험과 평가에서 떨어진 사람은 떨어졌다고 와
서 하소연하고, 승진한 사람은 승진했다고 축하주를 사주기도 했다.
이래저래 회식과 단합회로 술을 많이 마시곤 했다.

갑갑한 연구소 일에서 회식이 그나마 직원들이 숨통을 트는 기회였
고, 또 여러 가지 생각들을 풀어놓을 수 있는 시간이었다. 승급 결과가
나오는 날이면, 기쁘면 기쁜 대로, 탈락하면 또 위안 삼아 회식을 많이
갔던 것으로 기억한다. 특히 산 너머 김해 쪽으로 가면, 진례, 주촌 일
대에서 소를 많이 키웠다. 자연 창원 사람들은 고기를 먹으러 김해 쪽
으로 많이 넘어갔다. 초창기 우리 창원 LG전자 직원들도 그쪽 고깃집
으로 많이 다녔다.

회식이 아닌 날에는 저녁에 마치고 LG 전자 옆, 공터에 있는 포장마

차에 가서 술을 마시곤 했다. 소박하고 간단하게 그날의 회포를 푸는 시간이었다. 꼼장어나 고갈비를 앞에 놓고 맑은 소주나 막걸리를 마실 때면 허기진 뱃속이 따뜻해지며 저절로 하루가 끝났다는 위안을 얻었다.

그런데 우리는 포장마차에서 술을 마실 때도 회사의 업무에서 완전히 놓여나질 못했다. 동료들은 이야기 중에도 내일 자신이 해야 할 일을 주섬주섬 꺼내놓기 일쑤였다.

"아, 내일 ㅇㅇ 사업소에 가서, 일해야 하는데."

이런 말로 이야기를 시작하면 조금은 침울해지곤 했다. 그러면 옆에서 다른 테이블의 손님들이 나누는 말들이 귀에 들어왔다.

"야, 이번 주 토요일에 어디 놀러 갈래?"

"일요일 날 상남동 새로 생긴 가게에 가보자."

그런 말들이 들려오면 우리와 너무 다른 이야기를 하고 있어서 어쩔 수 없이 '아, 부럽다' 하는 생각이 저절로 들곤 했다.

연구소의 삶은 고단했다. 그러나 그 고단함 속에서 우리는 서로를 위로했다. 술잔을 기울이며, 꼼장어를 씹으며, 우리는 하루를 견뎠다. 그것이 우리의 쉼이었다. 그것이 우리의 위안이었다.

금성 재직 시절

5장

태평양의 새우가 될지라도, 나의 길을 가겠다

현장에서 답을 찾는
행동의 리더십

태평양을
꿈꾸다

연구소의 생활은 팍팍했다. 융통성은 없었다. 하루하루가 좁은 틀 속에 갇혀 있었다. 조직과 어떤 제도 안에서만 있으니, 다람쥐 쳇바퀴처럼 일상이 반복됐다.

새벽부터 출근하여 밤 10시 반, 11시까지 있는 것이 일상이었다. 그 늦은 시간에도 실장이 먼저 퇴근하지 않으면 아랫사람들도 퇴근하지 못했다. 늘 시간에 쫓겼고, 새로운 아이디어를 찾아 헤맸다.

특히 위로 진급을 할수록 업무의 무게가 나를 짓눌렀다. 여러 가지 사업을 하는 연구소의 특성상 팀장이 되면, 여러 프로젝트를 받아야 했다.

냉장고 사업부, 전자렌지 사업부, 회전기 사업부, 공조기 사업부, 같은 곳에서 2년 동안 연구하겠다고 기획하여, 연구 보고서를 내고 그것에 맞게 사업비를 받아야 했다. 새로운 프로젝트 사업을 하려면 사업비를 받아야 했다. 그것이 승인 나기도 힘들었다. 또 특허도 내야 했고, 정보 보고서도 내야 했다. 프로젝트가 끝날 때쯤에는 새로운 아이디어도 내야 하고 또 프로젝트 승인을 받아야 해서 고민과 스트레스가 엄청나게 밀려들었다.

되풀이되는 이 스트레스가 얼마나 컸던지, 그 당시는 생각이 없이 해도 되는 일을 하는 세상의 모든 사람이 부러웠다.

한 번은 작업 현장에 갔는데, 막 19살, 20살 앳된 현장 여공들이 컨베이어 벨트 라인 앞에 줄지어 앉아서 작업 중이었다. 세탁기나 선풍기, 가습기의 부품을 조립하고 있었는데, 컨베이어벨트의 속도에 따라 재빨리 여러 소자들이며 칩을 꽂고 있었다.

빠르고 노련한 그들의 손길도 여유 있어 보였다. 하루 종일 꼼짝도 않고 속도에 따라 손가락만 까딱이며 부품 회로를 꽂는 모습을 보고 그것조차 부러웠던 기억이 난다.

그 여공들도 시간에 쫓기기는 마찬가지였다. 그럼에도 익숙해지면 쉬워지는 일처럼 보였고 손에 익으면, 머리는 쓰지 않아도 될 듯이 보였는데 그것이 부러웠다. 속도를 따라가느라 아무 생각도 못 하는 것이 차라리 낫지 않을까 생각하기도 했다.

당시 나는 아무것도 할 수 없고 어딘지 갇혀 있는 듯 회사원의 생활을 갑갑해하고 있었다. 그래선지 그때 내 좌우명이 "태평양 바다의 새우라도 좋다"라는 말이었다.

드넓은 태평양 바다에서 새우란 것은 눈에도 보이지 않는 미물이자 별 볼 일 없는 존재다. 그런 한낱 미물인 새우조차 자기 뜻대로 살아가지 않는가? 집채만 한 파도가 몰아치는 태평양 바다라도, 그 파도에 이리저리 휩쓸리고 떠돌더라도 새우는 자신의 목표대로, 자기 뜻대로 헤엄치며 떠돌아다닌다. 그 작은 새우가 그렇게 거대한 파도에 휩쓸리고 시달려도 자신의 뜻대로 하는데, 나는 정해진 길 속에서 아무것도 할 수가 없었다.

회사의 진급 코스는 이미 정해져 있었다. 내가 아주 열심히 일하면서 끝까지 버틴다 해도 이사 이상은 되기가 힘들 것이었다. 그렇게 정해진 틀 속에 삶 전부가 규정되는 것이 갑갑하게 느껴졌다. 그때의 내 삶은 내 뜻대로 하는 것이 없었다. 틀 속에 갇혀 아이디어를 쥐어짜야 했다.

집단에 구속되지 않고 내가 생각하는 희망과 설정한 목표에 따라 도전하고 싶다는 열망이 나날이 커지고 있었다. 내 목표를 내 마음대로 현실로 만들어보고 싶었다. 이 세상을 내가 한번 내 마음대로 주인이 되어 살아봐야겠다.

비록 망망대해에서 우여곡절을 겪고, 늦게 갈지 몰라도 어떻게든 그 작은 미물 새우도 자신이 가고 싶은 곳으로 나아간다. 사람은 죽어서야 등을 펴지만, 새우는 살아서 등을 펴고 죽어서야 등을 굽힌다, 는 말을 늘 곁에 두었다. 그래서 나는 태평양 바다의 새우가 되더라도 내가 하고 싶은 일에 도전해 보고 싶다는 그런 열망을 혼자 조용히 키우고 있었다. 아무도 모르게, 내 안에서.

내 효도는
땅을 사드리는 것

그렇게 내가 열망을 키우며 현실을 갑갑해하고 있을 때 생각지도 못한 집안의 우환이 덮쳤다.

1990년, 봄에 누나를 잃었다. 가을에 형님을 잃었다. 한 해에 두 사람을 잃었다. 충격은 깊었다. 나는 병을 얻었다.

한 해에 두 분을 잃고 나니, 너무나 정신적인 충격이 커서, 신경성 대장염이란 병이 왔다. 스트레스를 받거나 신경을 많이 쓰면, 복통과 설사가 심해서 고통스러운 날을 보냈다. 더 이상 회사에 다닐 수 없겠다는 생각이 굳어졌다.

그때쯤 다시 나는 땅에 대한 열망을 키웠다. 부모님을 생각해서였다.

형제를 잃은 나의 슬픔이 병을 얻을 정도로 이리 깊은데, 늙으신 부모님의 자식을 앞세운 슬픔은 오죽할까? 나라도 그들의 슬픔을 달래기 위해서라도 효도해야 한다는 생각까지 들었다.

내가 해줄 수 있는 최대의 효는 내 가난한 아버지 어머니에게 땅을 사드려 그들이 평생 좋아하던 농사를 당신들의 땅에서 짓게 하는 것이었다. 그리 좋아하는 일을 하다 보면 그럭저럭 슬픔도 달래지지 않겠는가.

도시 개발은 이미 동네를 삼켰다. 우리가 태어나고 자란 땅은 수용되었다. 그래

19살 무렵 조카와 함께

서 더더욱 땅을 사드려야 했다. 마음 놓고 농사를 지을 수 있는 땅. 그것이 부모님을 위한 길이었다. 그러나 돈이 필요했다. 나는 생각했다. 이대로는 안 된다. 이대로라면 어머니 아버지께 어떻게 땅을 사드리고 효를 다하겠는가, 그런 생각을 했다.

똑같은 일의 반복이라서 열심히 일했지만, 앞이 캄캄했다. 돌파구를 찾아야 했다. 생활은 별달리 나아지지 않고, 겨우 아이 키우고 먹고 살 정도였다. 이렇게 살아봐야 엄마 아버지에게 땅을 사드릴 수 없었다. 돈을 잘 버는 것도 아니고 앞으로도 잘 벌 수도 없겠다는 생각이 들었다.

가족의 생계를
책임진다는 것

LG연구소에 근무하면서 아내를 만나 결혼하고 아이들이 태어났다. 창원 중앙동 55-1번지 김병천씨네 집 2층에서 살았다. 이층집에서 신혼살림을 차렸다. 나중에 거기서 애들이 태어나고 키웠다.

창원 신도시는 계획도시로 당시 주택지 집들은 모두 비슷한 모습을 하고 있었다. 대부분이 이층집이었고 기름보일러가 보급되기 전에는 연탄보일러를 때기도 했다. 그런데 창원의 이층집 대부분 2층 계단이 몹시 가팔랐던 기억이 있다. 45도쯤 되는 그 가파른 계단을 연탄을 지게에 지고 날랐다.

거기서 애 둘을 키웠다. 지금도 새벽에 차가 오면 종이 울리고 그러면 재를 내리고 또 새 연탄을 대야로 올리던 기억이 난다.

조용하고 평범한 삶을 원하는 아내는 자기 이야기가 나오는 것을 좋아하지 않았다.

아내를 만난 것은 79년 12월 24일, 크리스마스이브 날, 친구들과 단체 미팅으로 만났다. 그래서 잊으려야 잊을 수가 없다.

우리는 동갑이다. 1979년도니까 그게 스무 살 때이다. 아내와는 동갑이었는데, 당시 고등학교 졸업하고 막 사회로 나오거나 대학 진학을 하고 했을 때 처음으로 한 미팅에서 만났기 때문에 연애라기보다는 안면을 터놓은 정도였다. 아직 결혼이라는 것을 생각도 해보지 않을 시절이고, 스무 살 어귀의 만남은 호기심에 가까웠기 때문이다.

시간이 어느 정도 흘러서 전문대 졸업하고 군대 3년 갔다 오고 LG 입사한 후 85년 12월 22일에 결혼하였다. 우리가 처음 만나 결혼하기까지 6여 년 지나 있었지만 사실 군대 복무하고 바쁘게 사느라 제대로 연애를 해보지도 못했다. 그러나 서로 부부의 인연으로 만나 무던하고 담담하지만, 깊은 정이 있다고 생각한다.

첫애가 86년 10월에 태어나고 그다음에 88년도에 둘째가 태어났다.

내가 회사에서 나올 때 아내는 걱정을 많이 했다. 집에서 애만 키우던 사람이라 혹시라도 애들 키우는 데 지장이 있을까 그것을 걱정했다.

"여보, 우리 애들 우윳값은 걱정 안 해도 될까? 만약에 우유를 못 사주면 어떻게 하지?"

아내의 걱정하던 이 말이 지금까지도 내 귀에 쟁쟁하다. 나 또한 그것이 가장 걱정이었기 때문이다. 둘째가 다섯살 때라 우윳값 걱정은 말 그대로 우윳값이 아니라 먹이고 입히는 것에 대한 걱정이었다.

아내의 그 말 때문에 더 깊은 고민을 하기도 하였다. 그러나 역시 나는 태평양, 드넓은 세상으로 나아가기로 했고, 아내에게 말했다.

"내가 한번 열심히 잘 해볼게."

그랬더니 아내 또한 오랜 고민 끝에 마침내 허락했다.

"당신 뜻이 정 그러면 그렇게 한번 해봐."

그렇게 아내가 말해주어서 그나마 마음의 무게를 덜 수 있었다. 회사를 그만두고 뜻을 모아 함께 하기로 한 직원 두 사람과 사업을 시작할 수 있었다.

그런데 아버지 또한 반대가 심하셨다.

내가 신혼 살림을 차린 창원 중앙동 이층집에서는 작업을 할 수가 없어서 현장 직원 둘과 함께 사파정 아버지 집 마당으로 가서 작업대를 만들기 위해 용접을 하고 있었다.

하루는 아버지가 회사에 있어야 할 나와 직원들이 그러고 있으니까, 무슨 일인지 물었다.

1985년 LG연구원 시절, 맨 앞줄 오른쪽

"회사에 가 있을 시간인데 마당에서 뭐 하고 있냐? 무슨 일인데?"

나는 아버지에게 독립해서 차릴 회사의 작업대를 만들기 위해 잠시 쓰고 있다고 말했다. 그랬더니 전기 플러그를 뽑으며 작업을 못하게 하셨다.

아버지는 내가 회사를 그만두는 것을 반대하셨다. 살림밖에 모르는 아내와 아직 어린 자식을 어떻게 벌어먹이려고 하느냐 걱정하셨다.

그날 이후 나는 한동안 아버지를 설득해야 했다. 이 일을 꼭 하고 싶다고, 잘할 수 있다고 거듭 설득하였다. 나는 내 길을 가야 했다.

6장

창업자의 길,
1인 다역 고단 속에서
빛나는 미래

현장에서 답을 찾는
행동의 리더십

팔룡동 15평 공장에서도
'하려고 하면 다 된다'

1993년 10월 18일, 나는 공장 설립 허가를 받았다. 사직서를 냈지만, 회사는 받아주지 않았다. 그래서 형식적으로는 회사에 다니면서 회사를 먼저 차렸다. 사업자등록은 내 이름으로 할 수 없었다. 아내의 이름으로 회사를 세웠다.

사직서는 냈지만, 회사의 사퇴 처리가 늦어졌기 때문이다.

그 뒤 공식적으로 내가 퇴사한 날은 회사를 설립한 6개월 뒤인 1994년 5월 1일이다.

창원 의창구 팔룡동에 '현대 포장'이라는 공장 내에 조그마한 공장이 생겼다. 창고용으로 쓰는 100여 평의 공간이 있었는데, 그 한 귀퉁이 열다섯 평을 임대받아 쓰게 되었다.

85평은 다른 임대자가 쓰고 칸막이도 없는 15평 한 귀퉁이에, 직원 두 명하고 나하고 직원이 세 명이 전부인 회사를 만들었다.

초창기에는 모든 것이 힘들었다.

지금 와서 당시를 돌이켜보면, 난생처음 거래처를 뚫기 위해 영업하던 일과 초창기 너무 어려워 기계 살 돈이 없어서 동네 구걸하다시피 기계를 빌려 썼던 것이 가장 강렬하게 남아있다. 물론 기계는 있었지만 남이 쓰던 중고 기계를 샀기 때문에 결함이 많았다.

주문을 받아도 만들어낼 수 있는 제대로 된 기계가 없다는 것도 문제지만 처음 한 2개월 동안은 물량이 없어서 힘들었다. 가만히 앉아서 굶을 수 없어서 눈만 뜨면 영업을 다녔다. 영업이란 것도 별다른 것이 없었다. 맨땅에 헤딩하는 느낌으로 무작정 우리 기술이 필요한 회사의 구매부 사람들을 만나는 일이었다. 사실 생각해 보면 정말로 가진 것은 오직 열정 하나뿐이었다.

주위의 납품할 만한 회사의 구매부장이나 구매과장을 찾아가서 제발 한 번만 믿고 맡겨 달라고, 도와달라고 사정하며 다니는 일이었다.

일단 사람을 만나야 신뢰를 얻든 기회를 얻든 할 텐데, 사람들은 좀처럼 기회를 주지 않았다.

그래서 내가 선택한 방식이 술 한 병, 그리고 오징어 한 마리였다.

특히 부담을 주지 않고 이야기나 해보기라도 할 기회를 얻기 위해 퇴근 시간이면 주위를 빙빙 돌면서 기회를 엿보기도 했다.

맥주 두 병하고 오징어 한 마리하고 컵 두 개를 사서 구매팀 사람들 집을 알아 찾아가서 집 앞에서 그들이 퇴근하기를 무작정 기다렸다. 그러다 저녁 늦은 시간 그들이 퇴근해서 집 대문을 들어설 때면 다가가 인사하기도 했다. 물론 기다린 것을 티 내지 않으려 마침 그 주변에 볼 일이 있어서 온 것처럼 짐짓 딴청을 피우기도 했다.

"어이구, 어떻게 오셨나?"

고 하면,

"아, 과장님 댁 바로 앞에, 근처에 아는 사람 있어서, 그 집에 왔다가, 과장님한테 잠깐 인사드리러 왔습니다."

그렇게 말하면, 빈말이라도 집 안으로 들어가자고 하기도 하였다. 그렇게 집으로 들어가게 되면, 그 집 사모님에게 폐를 끼치기 싫어서 안심을 시키기도 하였다.

"아이고, 사모님, 안 읽는 신문지 한 장 좀 내주세요. 이 오징어만 먹고 갈게요."

갑작스럽게 남의 집을 방문하면 예의가 아니니 소주나 막걸리 한 병, 오징어 한 마리, 종이컵 두 개는 내가 미리 사 들고 기다리는 품목이었다.

청하지 않은 손님이 갑자기 들이닥치는 것이 부담스러울 것에 대비하여 때 지난 신문지를 청하였다.

"아, 사모님, 과장님과 딱, 맥주 한잔만 하고 가겠습니다."

그렇게 일단 자리를 만든다. 그러고는 부탁하는 것이다.

"과장님, 한번 맡겨주시면 제가 꼭 납기 안에 좋은 물건을 만들어 보이겠습니다. 한 번만 기회를 주시면 열심히 하겠습니다."

하고 부탁했다. 그렇게 딱 술 한 잔만 먹고 돌아오는 것이다. 정말로 할 말만 간결하고도 간절하게 말하고 일어서는 것이었다. 그러면 상대는 약간은 아쉬운 듯하면서도 칼 같은 절제력이 있는 모습을 보고 한 번쯤은 더 생각해주지 않을까 생각했다. 그래서 될 수 있으면 깔끔하고 진지한 태도를 보이고자 애를 썼다.

"열과 성을 다하겠다는 각오로 말씀드리러 왔습니다."

하고 술 딱 한 잔 먹고 나오는 영업을 했고, 또 다른 방법으로는 구매담당자가 아파트 입주로 이사라도 갈라치면 행운목을 사 들고 가기도 하였다. 그런 사소한 것에 얼굴을 보이고 인사를 했다.

그렇게 어쩌다 영업이 되어 기회를 얻으면, 우리 회사 제품이 품질이 좋았기에, '와, 이거 어떻게 만들었냐?' 할 정도로 인정받으면 인정받았다는 생각에 기분이 좋았다.

처음 해보는 영업을 통해 나는 사람들에게 인사하고 다가가는 법을 배웠다.

창업시점 사진

사실 나는 어릴 때부터, 일찍이 아버지가 인정했듯이 우리 가족 내력에도 남에게 아쉬운 소리를 잘못하는 성격인데, 이 시기에는 적극적으로 영업하려고 엄청나게 노력했다. 영업해야 하는 그 시기만큼은 어떻게든 물량을 받아야만 했다. 내 가족과 나를 믿어준 직원들의 운명이 달렸기 때문이다. 나는 눈 딱 감고 더욱 적극적으로 행동할 수밖에 없었고, 아쉬운 소리도 해야 했다. 그렇지만 뻔뻔스럽게 비치거나 폐를 끼치고 싶지는 않았다. 내가 보일 수 있는 것은 나의 열정과 실력 있는 기술자들의 기술이었고 어떻게든 해낼 자신이 있었다.

우리가 한 일은 어떤 제품을 만들기 전 시제품을 만들어 여러 가지 시험을 해보는 일을 했다. 일단 시제품을 만들어서 디자인도 보고 제대로 작동하는지 안 되는지, 잘못 된 것은 없는지, 불편한 것은 없는지, 여러 가지 테스트해 보는 거였다. 연구소나 설계실에서 사용하는 제품이었고 그만큼 고부가가치가 있는 거였다. 또 아무나 못 만들었는데 그만큼 기술이 있어야 가능했다.

우리 회사 초창기 기술자들은 LG전자에서 같이 독립해 나온 사람들로, 당시 LG전자는 기능 올림픽 나간 기술자들이 많았고, 또 기술자를 양성하고 있었다. 그렇게 훈련을 거친 실력 있는 사람들이라 기술에서는 사실 걱정이 없었다.

낮에는 회사에 출근하여 기술자이자 내 직원들의 뒷바라지를 하고, 퇴근하면 집에 들렀다가 밥 먹고 기름을 씻어내고는 구매 담당자들을 만나기 위해 그들의 집 앞에 대기하였다. 그런 날들을 반복하였다.

그렇게 진심을 다하여, 열의와 성의를 가지고 부탁하니까, 그게 통했는지, 자신의 회사로 나를 불러서 조그마한 제품 프로젝트를 맡기는 업체가 생겼다.

우리는 첫 발주 제품을 만들 때의 설렘과 열정을 잊지 못한다.

물량은 물어왔는데 사실 그때 우리는 제대로 된 기계가 없었다. 있는 것이라고는 기름이 새는 중고 기계라 새 제품을 만들어야 할 때는 조심스러웠다. 그래서 주위 회사의 쉬는 기계들을 사용하게 해달라고 부탁을 하여 사람들이 퇴근한 밤에 우리의 제품을 만들었다.

그 예전 온 동네에서 1대뿐인 탈곡기로 밤새 탈곡할 때와 비슷했다.

비록 늦은 밤이어도 우린 신나게 시제품을 만들어서 그다음 날 아침에 제품을 보여주었다.

"아이고, 잘 만들었네요."

거래처 과장은 진심인지 의례적인 인사인지 그렇게 말했던 것으로 기억한다. 그래서 정말 납품이 될지 안 될지는 알 수 없어서 조바심이 났었다.

하지만 나는 자신 있었다. 우리 회사 직원 두 사람이 당시 어디 가서도 구할 수 없는 진짜 베테랑 기술자였기 때문이다. 그 직원들은 국제 기능 올림픽에도 참가했던 아주 우수한 인재들이었다.

그 시절에는 컴퓨터 시뮬레이션이 없었다. 제품 디자인은 시제품으로 확인해야 했다. 새로운 제품 모델 출시하는 과정에 꼭 들어가는 과정이었다.

LG전자뿐만 아니라 모든 회사는 설계된 것을 본격적으로 제품을 만들기 전에 샘플을 먼저 만들었다.

샘플은 대강 허투루 만들지 않았다. 원 모델과 똑같이 치밀하게 만들어 버튼 하나까지 기능과 감촉, 사용감을 점검했다.

그런 과정을 거쳐서 디자인을 수정하여 확정하고 구성도를 짰다. 그런데 이런 시제품 한대의 값은 본 제품보다 훨씬 비쌌다. 가격 차이도 엄청났는데 만약 새 모델 전화기 한 대가 2만 원이면 시제품 한 대 만들면 한 천만 원 이상 줘야 할 만큼 고가였다.

그때 우리 기술은 아주 최고였고, 우리에게 물량을 맡긴 과장님도 별다른 말 없이 "괜찮네" 하면서도, 지시대로 보강할 거 다 했더니, 결국 우리에게 본격적으로 만들어보라고 도면을 내주었다.

기계가 채 갖추어지지 않아 여기저기 이웃 것을 빌려 썼고 때로는 여의치 않으면 먼 곳의 기계를 쓰기도 했다. 유압프레스 같은 것은 주문받은 회사의 기계를 빌려 쓰기도 했다. 다른 회사 직원들이 퇴근하면 우리는 우리의 물건을 만들기 시작하여 새벽 5시쯤 옆 회사 사람들이 출근하기 전에 깨끗이 정리하여 놓았다.

돈이 없던 시절, 기계뿐만 아니라 장비도 이웃에 신세를 져서 이래저래 몹시 고맙고 미안한 일이었다.

어려운 가운데 새로 시작하는 사람들을 겉으로 드러나지 않게 배려해주는 마음. 그것은 따뜻했다. 그것은 힘이 되었다.

1990년 도청 앞에서

사업의 첫 성과물,
어음을 받다

납기를 맞추기 위해 며칠 밤을 하얗게 지새웠다. 거친 숨을 몰아쉬며 마주한 노동의 끝, 내 손에 쥐어진 것은 빳빳한 현금 뭉치가 아닌 생경한 종이 한 장이었다. '약속어음'.

책 속에서나 보던 그 메마른 단어가 내 삶의 현실이 되어 눈앞에 놓였다. 아내와 나, 우리 두 사람은 숨조차 크게 쉬지 못한 채 종이 위 숫자를 뚫어지게 내려다보았다. '2,100만 원'. 평범한 직장인 월급이 채 100만 원도 되지 않던 시절, 그 숫자는 창원 시내 아파트 한 채를 통째로 품을 수 있을 만큼 육중하고 거대한 돈이었다.

"여보, 이게 정말 돈이 맞을까요? 혹시 그냥 종이 쪼가리는 아닐까요?"

아내의 목소리가 파르르 떨렸다. 나 역시 선뜻 대답하지 못했다. 생경함과 두려움이 뒤섞인 기묘한 침묵이 방 안을 채웠다. 3개월 뒤 은

행에 가져가면 현금으로 바꿔준다는 그 ‘약속’은, 오직 정직한 노동의 대가만을 믿고 살아온 우리에게 너무나 멀고 위태로운 신기루처럼 느껴졌다.

“나도 처음이라 잘 모르겠소. 하지만… 우리 한 번 믿고 기다려 봅시다.”

그날부터 3개월은 하루하루같이 살얼음판 위를 걷는 듯했다. 가슴 졸이며 보낸 인고의 시간 끝에 마침내 당도한 은행 창구. 긴장으로 축축하게 젖은 손으로 어음을 건넸다. 잠시 후, 거짓말처럼 2,100만 원이라는 거액이 고스란히 손바닥 위로 떨어졌다. 대기업 LG와의 거래가 이루어졌음을, 그리고 우리의 땀방울이 세상의 가치로 인정받았음을 증명하는 순간이었다.

그날을 기점으로 꽉 막혀 있던 물꼬가 터졌다. 상상 속에만 머물던 숫자들이 통장에 선명하게 찍히기 시작하자, 비로소 삶의 희망이 선명한 실체를 드러냈다.

신이 났다. 직원 둘에 나까지 겨우 세 명뿐인 초라한 사무실이었지만, 그때 우리는 세상을 다 얻은 기분이었다. 길고 어두웠던 고생의 터널 끝에서, 이제는 평생 고생만 하신 부모님과 내 소중한 가족을 제대로 먹여 살릴 수 있다는 뜨거운 희망의 빛줄기가 내 온몸에 내리쬐기 시작했다.

가족, 베개에 밴 기름 냄새조차
힘의 원천이 되다

아내는 평범한 삶을 원했다. 아내는 자신의 삶은 드러낼 것도 없다고 말한다. 하지만 나에게는 그렇지 않다.

아무것도 없는 젊은 시절 고생을 함께 하면서도 끊임없이 내게 힘을 주고 성장해 온 더없이 든든한 동반자이기 때문이다.

지금도 어떤 결단의 순간이 오면, 아내는 나한테 말한다.

"여보 그때 정신으로 다시 하면 못할 것이 없잖아."

낮에는 기름 묻은 기계와 씨름하고 늦은 저녁 밤에는 집에 와서도 밥 먹고 곧바로 다시 영업하러 나가던 그 도전과 시련의 시기를 지켜본 아내로서는, 그때를 넘겨왔는데 무엇이 두렵겠느냐는 말을 한다.

내가 초창기 회사를 나와서 열심히 일하고 아내 또한 그때가 최고로 좋았던 것 같다고 말한다.

특히 아내는 내 베개에서 기름 냄새가 나던 것까지 기억했다.

당시 우리 회사 기계가 중고라 작동유가 막 새어 나왔다.

그 밑에서 기술자 직원들 뒷바라지와 보조를 해주다가 옷과 머리에 기름을 뒤집어쓰기 예사였다. 작동 윤활유는 독해서 씻어도 냄새가 잘 지워지지 않았다.

빨래를 해도 기름 냄새가 나서 성가셨을텐데 아내는 그 냄새가 싫지 않았다고 말해주었다.

"여보 당신 머리에 기름이 묻어 베개에 밴 그 냄새가 나는 싫지 않더라. 왜냐하면 그게 신랑이 밖에서 우리 생계를 위해 고생하고 노력한 흔적이잖아. 더 안타깝고 고맙고 감사할 일이지."

그렇게 이야기해주니, 나 또한 고맙고 더 열심히 일해야겠다고 생각하게 되었다. 베개에 기름 냄새 밴다고 기름 묻히지 말라고 잔소리할 법도 하건만, 그것이 싫지 않다고 말해주니, 나는 또 그것이 무척이나 고마웠다.

그런 고마운 마음 때문에 나도 밤낮없이 일했다. 제대로 된 기계가 없으니까 남의 집 기계를 빌려서 쓰기 위해 늦게까지 밤중에 왔다가 또 영업한다고 밤에 나가기를 반복한 시절을 아내는 또 그때가 "가장 좋았던 시절"이라고 말했다. 나는 저절로 힘이 났다. 또 무슨 일을 하기 전에 용기가 났다.

창업시점 사진

사업 확장과 안정

차츰 거래처가 늘어나고 수주받는 일이 늘어나자, 사업은 잘되었다. 이제는 관리하는 일이 문제였다. 우선은 사람을 쓸 수 없어서 나혼자 일했다. 납품에서부터 영업, 경영, 회계, 세무. 뭐 하나 쉬운 것이 없었다. 정말 밤낮없이 여러 사람의 일을 혼자 했다.

사실 우리가 가진 것이라곤 기술과 실력뿐이었다.

처음에는 남의 기계를 빌려 쓸 정도로 돈도 없었다. 창업 자금은 한 5천만 원으로 시작했다. 창업할 때 여기저기서 돈을 빌렸다. 친구한테 빌리고, 주위에서 조금씩 빌려서 시작하였다. 그때 아파트 한 채가 대략 3천만 원 정도 했다. 진짜 실력자인 직원 2명으로 아주 작은 규모로 시작하였으니, 돈이 모이는 것이 좀 더 쉬웠던 것 같다.

나 또한 저녁마다 영업하고, 경리 업무며, 납품까지 담당하여 몸이 몇 개라도 모자랄 정도로 일인다역을 하며 몇 년간 정신없이 했다.

그렇게 시작하였는데, 한 2년 만에 우리 회사가 동종 업계 1위를 했다.

돈이 정말로 벌리기 시작했을 때는 워낙 아무것도 없이 맨손으로 시작하였기에, 하면 된다는 자신감이 들었다. 지금 생각해 보면 그것이 가장 좋은 경험인 것 같다. 아무것도 없이 무엇인가를 일구어내어 본 성공 경험은 쉽게 얻을 수 있는 것이 아니다. 노력도 많이 했지만, 운도 좋았고 감도 좋았다고 말하고 싶다.

돈이 벌리자, 가장 먼저, 그동안 소원이었던 공장 부지를 사고, 기계를 갖추어 정비하였다. 마침, 1998년도에 창원 국가산단에서 팔용동에 공장부지를 분양하였기에 800평을 분양받을 수 있었다. 그때 4억 정도의 돈을 들여 분양받았다.

1998년 말에 공장부지를 분양받고 직접 설계해서 공장을 지었다. 그렇게 세운 회사가 팔용동 지금의 금오 엔지니어링이란 회사이다. 회사 이름은 원래 처음 창업할 때 금오 엔지니어링인데, 지금도 그대로 사용하고 있다.

당시는 모든 것을 내 손으로 일일이 챙기고 일구었다. 그래서 애착도 남다르다.

처음에 착공할 때 첫 삽을 뜨기 전에 부정한 액운을 쫓는다고 아버지가 오셔서 소금을 뿌리던 것이 아직도 눈에 선하다. 그리고 공장을 완성하여 고사 지낼 때도 아버지가 오셔서 축하해주셨다.

아마도 그 시절 우리 가족 중 가장 행복했던 사람은 아버지였을 것이다.

아버지에게 우리 마을에서 가장 땅이 좋다고 소문난 김정대 씨의 과수원 밭도 사 드렸기 때문이다.

아버지는 정말 너무 좋아하셨다. 그 모습을 옆에서 보는 나 역시 행복했다. 우리 가족의 남다른 가난과 서러움의 시절을 함께 공유하고 있었기 때문이다.

그다음, 이제 회사를 이사하면서 우리가 그동안 신세 지고 살았던 그 85평 회사 땅 주인 사장님한테도 인사를 드렸다. 얼마간의 돈까지 마련하여 그동안 기계까지 빌려 쓴 것까지 고맙고 죄송하다 인사드렸다.

그랬더니 사장님은 절대로 받으려 하지 않으셨다.

"아닙니다. 사장님께 감명받았습니다. 밤새워 일하고 아침에 또 출근해서 치열하게 일하시는 모습에 저를 비롯해 우리 회사 사람들도 많이 배웠습니다. 금오 사장님 때문에 우리 회사 직원의 생각이 많이 바뀐 계기가 됐습니다. 내가 오히려 돈을 드렸으면 드렸지, 사장님 돈을 받을 수가 없어요."

여러모로 나 또한 많은 것을 배울 수 있는 분이었다. 지금도 그 고마움을 잊을 수가 없다.

그렇게 해서 우리는 팔용동 새 공장으로 이사를 하여 정착했다.

나중에 자동차 CV조인트조향장치를 생산하는 직원 100여 명의 중견

기업 일진금속도 인수하였다.

2017년에는 경남지역의 제69호 뿌리 기술 전문기업으로 선정되기도 했다.

뿌리 기술 전문기업 지정제도는 주조, 금형, 열처리, 표면처리, 소성가공, 용접 등의 분야에서 '핵심 뿌리기술'을 보유하고 성장 가능성이 높은 기업을 선별해 기술개발, 자금, 인력 등의 중소기업 지원사업에 인센티브를 주는 제도이다.

꺾이지 않는
학업에의 열정

나는 사실 LG연구원 시절에도 학업에 대해 열망을 키우고 있었다.

학교 다닐 때 가정 형편 때문에 제대로 공부를 다 못 한 것이 공부에 대한 집착을 키웠다. 무엇이든 끝까지 해보려는 내 성격에 그런 식으로 흐지부지 학업을 그만둘 수 없었기 때문이다.

고등학교 진학한 이후 내 목표는 대학 진학이었다. 그것도 서울대를 꿈꾸었다. 또한 고등학교 진학을 하면서 당시 전국 7대 도시이자, 공업 도시였던 마산시로 통학하면서 보니까, 시골에 있던 나로서는 새로운 세상이었다.

내가 진학한 기술 고등학교에 대한 사람들의 현실적인 인식과 또 버스를 타고 다니면서 공단 근로자를 사람들이 공돌이 공순이라고 말하는 소리를 들으니, 그 길이 내가 가는 길이라는 것을 처음으로 깨달았다. 내 누나도 자유수출 지역에 다니고 있었으니, 그들이 말하는 공돌이 공순이 속에 들어갔다. 나 또한 그대로 휩쓸려간다면 곧 그 길이 예정되어 있었다. 그 길 말고도 다른 길이 있음을 고등학교 선생님들과 교장 선생님이 보여주었다. 그래서 나는 꿈꿀 수 있었다. 아주 큰 꿈을.

그래서 서울대로 진학하여 어떻게 해서든 석박사를 끝까지 하려고 생각했다. 현실적으로 돈이 없어서 국비 장학생 형태로 가려고 하다 보니, 한계가 있어 뜻대로 되지 않았다. 그러나 잠시 꿈을 접어야 했지만, 결코 학업을 포기한 적은 없었다.

그래서 LG에 취직하고 얼마 후 방송통신대 법학과에 등록을 하였다. 그러나 직장 생활조차 만만치 않았기에 방학 때마다 경남대나 창원대에 방송통신대 수업을 하러 다녔지만 결코 쉽지가 않았다. 그래서 방송통신대 법학과에 두 번이나 입학했지만 두 번 다 끝내 졸업하지 못했다. 방송통신대는 4년제 짜리가 5년까지 기한이 늘어지기도 하였다. 그래서 사업을 시작하기 전 해인 93년도에 방송통신대를 그만두었다.

다음 해인 1994년도에는 회사를 그만두고 창업하느라 무척 바빴지만, 창원대 행정학과에 편입해서, 2년 계속 공부하여 결국 창원대에서 학교를 마치고, 2003년 행정학과의 학위를 받았다.

그 뒤 중앙대로 진학하여 석사를 공부했다. 어쨌든 젊은 시절 서울로 공부하러 가고 싶었던 꿈을 이어 중앙대로 가서 공부했다.

한때 젊은 날의 꿈이었기에 그것이 행복했냐 하면, 절대 그렇지가 않았다. 몹시 힘들었다. 창원에서 서울까지 거리를 시간 맞춰 다니려 하니까 시간 맞추기가 몹시 힘들었다. 그때는 KTX도 없을 때였다. 우등 고속버스를 타고 서울로 가서 몇 번이나 버스를 갈아타고 흑석동으로 가야 했다.

그나마 그때는 밤 12시나 1시에 오는 차편이 있어서 밤차에서 자고 다음 날 일을 할 수는 있었다. 지금도 그 심야버스를 타고 다녔던 기억이 있다. 심야버스에서 차창 밖을 바라보면서, 고단함 속에 빛나는 미래를 생각했다.

그렇게 힘들게 석사를 따고 나니 이제 박사 과정은 지역 대학으로 돌렸다. 창원대에서 행정학 박사에 들어갔다. 의정 활동하면서 너무 먼 길을 다니면서 공부하는 것이 힘들었다.

2005년 중앙대학교 행정대학원에서 지방 행정학 석사학위를 받은 후 박사과정은 창원 대학교에서 공부했다. 2010년 박사과정을 마칠 수 있었다.

중앙대학교 석사 학위 수여식 때

7장

불의에 맞서고
이웃에는 봉사하다

현장에서 답을 찾는
행동의 리더십

이주의 설움 항의하다
사회에 관심을 가지다

　창원에는 원래 창원에 살던 원주민의 모임인 삼원회라는 모임이 있다. 창원의 세 개의 원뿌리, 라는 의미를 가지고 있다.

　삼원회는 창원시의 옛 창원군의 3개 면이었던 창원면 · 상남면 · 웅남면을 의미한다. 원래 창원에 살던 원주민은 30~40개의 농촌 마을을 형성하여 농사를 짓고 있었다. 내가 태어나던 당시만 해도 그랬다.

　지금은 형체를 찾아볼 수 없다. 그야말로 싹 밀어버렸기 때문이다. 사람들은 이곳저곳으로 옮겨 다녔다. 그곳에 삶

삼원지역 옛 모습

의 바탕을 두었던 사람들이 모였다. 옛 고향을 그리며 1990년 2월 6일부터 창원군 창원면 · 상남면 · 웅남면에 살던 300여 명이 가칭 '삼원회'를 결성, 매년 1회 음력 9월 9일 삼원석향실거부천영령三元昔鄕失居浮天英靈에 대한 제례 행사를 열고 서로 교류하며 옛 창원의 모습을 추억하고 여러 문화 행사를 주최하기도 한다.

창원은 1974년대부터 산업기지 공단 조성을 해왔고, 기존 살던 사람들의 토지를 국가가 지속적으로 수용하였다.

처음에 왕복 8차선의 동양 최대의 길이를 가진 중앙대로가 세워지고 난 이후 지금의 공단지인 창원면, 상남면 웅남면 등 창원 중심부 땅과 해안가 주변의 땅들은 벼농사나 포도 감 복숭아 등 과수를 짓던 곳이었다. 창원은 이름 그대로 비옥한 흙을 가진 농지들이 들판을 이루고 있었다.

하루아침에 국가에 의해 토지를 빼앗긴 1세대 원주민들은 다른 곳으로 이주해야 했고, 제대로 토지를 보상받지도 못했고, 항의조차 못했다. 사실 대대로 터전 잡은 조상의 땅이자 자신이 나고 자라 온 집과 농사 짓던 땅과 조상의 묘가 있던 고향마을을 통째로 잃는다는 것은 마치 수몰지구의 아픔처럼 누구에게나 가슴 아픈 일이다.

국가가 아니라면, 또 강제성이 없었다면 어느 누가 자신의 고향을 버리고 싶겠는가. 아마도 천금을 준다고 하여도, 싫다는 사람이 있을 것이다. 나 또한 우리 집과 땅들이 수용되었을 때, 심정이 딱 그랬기 때문이다. 아무리 많은 돈을 보상해 준다고 하여도 내 조상의 땅, 내

부모의 가슴에 묻힌 땅, 그리고 내가 노후에 묻힐 땅을 내놓고 싶지 않다는 것이 솔직한 심정이었다.

대체로 그런 토지 수용이 한 번으로 끝나지 않는다. 도시는 생물처럼 끊임없이 비대해져 외곽으로 확장되어 가기 때문이다.

창원도 끊임없이 확대되었고 자연히 토지 수용이 있어 왔다. 세대를 거듭할수록 조건이 나아지기도 했지만, 오히려 수용되지 않고 도시와 함께 가격이 올라간 땅과 비교할 수는 없었다. 겨우 이주 비용 정도만 받고 강제수용된 금싸라기 땅은 다시는 그 값으로 그만한 땅을 살 수가 없었다. 외지고 볼품없는 외곽의 산비탈에 있던 땅은 나중에 싼값에 수용된 땅보다 더 비싸게 받을 수 있었다. 도시가 비대해짐에 따라 시중의 땅값이 더 빨리 더 높게 올랐기 때문이다. 집 또한 마찬가지다. 다른 곳의 택지만 받았을 뿐 건물을 지을 돈도 되지 못했다. 주위의 땅값과 집값은 빠른 속도로 올라갔다. 그래서 그들은 끝내 창원에서 빙빙 돌다 낯선 타지로 떠나갔다. 남아있던 사람들도 평생 농사만 짓다가 땅을 빼앗기자, 술과 울분으로 시간을 보내기도 했다.

그런 1세대 원주민의 절절한 강제 이주에 대한 기록을 지금도 찾아볼 수 있다.

나는 우리 집 가족의 사연과 삶이 단순히 우리 집만의 특성이 아니라 우리 마을 더 넓게는 창원의 원주민의 아픔이었다는 것을 발견했다. 어쩌면 그래서 나는 개인의 삶을 넘어 더 큰 사회적 삶, 정치적 삶에 대해 눈을 떴는지도 모른다.

사실 내가 처음 정치에 발을 들이게 된 동기도 여러 가지가 있겠지만, 땅, 즉 토지 수용과 관련이 있다.

창원은 비대해졌고, 우리 집이 있던 동네 사파정리 216번지 산밑 동네도 89~90년도 다 되어서 수용 대상이 되었다.

동네 마을이 수용되면서, 이주택지를 줬는데, 마을 차남들에 대한 대책이 따로 마련되어 있지 않았다.

이주 대책에서 대개 장남은 출가하면 집에서 분가해서 사는데, 차남들은 결혼하고도 아버지 집에서 같이 사는 사람이 많았다. 원래 두 집, 즉 한집이지만 두 가구가 사는데, 아버지한테만 이주지를 주고 차남한테는 이주택지를 안 주었다. 그래서 이 문제를 해결하기 위해 마을에서 차자들 중심으로 해서 동네에서 "차자 생계 대책위원회"를 만들었다.

그때가 89년도쯤이었던 것으로 기억한다. 그때 나는 LG전자에 다니고 있을 때였는데, 하루는 마을 사람들이 집으로 찾아왔다.

결혼하여 사실상 독립세대인데, 이주민 대책위에서 인정해주지 않는다. 차자들이 모여서 의견을 수렴하고 대책을 세우게 하자고 이야기하기에 나도 거기에 참여를 했다.

그 위원회 이름으로 요구 사항을 정리하여 탄원서도 쓰고 하여, 차자들한테도 아파트 선분양권을 달라는 등 시에다 적극 요구사항을 내놓고 항의도 하였다.

처음에 창원시는 차자 이주대책 위원회의 의견을 무시하였고, 자연 우리는 시로 가서 항의하였다. 그리고 다툼이 일었다.

나는 공익을 위한 토지 수용은 어쩔 수 없다고 해도 토지를 수용하여 사업을 하고 남았으면 토지 원주인과 결과를 투명하게 공개하고 이익을 나누어야 하지 않냐고 물었다.

자신의 땅을 수용당한 입장에서는 내 땅을 싼값에 가져가서 사업을 했으면, 그것을 공개하고 얼마간 토지에 대한 잉여금을 차자들에게도 보상이 이루어져야 하지 않냐고 따졌다.

"국장님, 사파지구 개발하여 분양하고 돈이 남았어요? 안 남았어요?"

하니까, 건설 국장이,

"그런 건 왜 물어요? 시에서 하는 일에."

하길래

"글쎄, 남았어요, 안 남았어요?"

하니, 남았다고 대답했다.

"남았으면 얼마간 원주인에게 돈을 돌려줘야지. 왜 당신이 가져가요?"

하니까

"아, 이 양반아, 이걸 가지고 또 다른 마을을 개발해야 할거 아니요? 우리가 개인이 먹는 거 아니잖소?"

하였다. 그래서 내가 말했다.

"그럼 좋아요. 나중에 다른 마을도 개발하고 나서 그래도 남으면 그거 어떻게 할 거예요?"

하니까 그러면 환원 사업한다고 대답했다.

"내 땅을 가져가서 시가 왜 땅장사를 해요? 남았으면 원주인에게 돌려줘야지. 왜 마음대로 사업하고 다른 곳에다 이익금을 투자해요? 그게 시가 내 땅 갖고 땅장사하는 거 아니요?"

"청약하면 되지 않소?"

"내 땅을 가져가서 내가 왜 당신들이 파는 비싼 값에 사야 해요?"

하고 언성이 높아졌다.

그랬더니 강영모 계장이 갑자기 소리쳤다. 나중에는 국장이 되었지만, 그때는 이주대책 계장을 하고 있었고, 그때 개발팀 국장과의 만남을 주선한 사람이기도 했다.

"지금 뭐 하는 거야?"

하면서 우리에게 소리쳤다. 그래서 내가 앞으로 나서면서 따졌다.

"어이, 관계자 양반. 당신들이 내 땅을 가져가서 왜 땅장사를 하냐고요? 그 땅 팔아서 남은 돈, 주인인 우리한테 그 돈 좀 줘봐요. 내가 그 돈 다시 시에 기부할게요. 내 땅 팔아 돈 남은 것 내가 기부해야 하는 거 아니에요? 우리 동네에서 그 돈 시에 기부할 테니, 우리에게 달라고요."

그렇게 말하고 원주민 차자들 보상에 대해 대책을 세우라고 요구를 하고는 국장실을 나왔다.

“잘했습니다.”

돌아보니 우리에게 소리치던 강영모 계장이었다. 방금 국장 앞에서 자기 체면 차리겠다고 우리에게 소리치며 나갔으면서 내게로 다가와 조용한 목소리로 그렇게 말하는 것이었다.

“갑자기 뭐예요?”

“어휴, 잘했습니다. 잘했어요.”

하면서 강영모 계장이 우리를 달래었다. 알고 보니 자기 선에서 해결하기 곤란하니까 민원인인 우리와 국장을 직접 만나게 해놓고 일을 풀려는 것이었다. 방금 우리에게 소리친 것도, 일단 국장 앞에서 자신의 체면과 입지를 넓히고 질책당하지 않으려는 작전인 모양이었다.

그렇게 따지고 싸워서, 결국은 차자에게도 얼마간 분양권을 받았다.

그때부터 강영모 계장이 나를 눈여겨보았던 모양이었다. 마을에 무슨 일이 있고 시의 정책에 협조가 필요한 일에서 내가 대표성이 있다고 본 것 같았다.

그가 협력을 요청할 때 내가 내세운 조건은 모든 마을 사람에게 투명하고 공정하게 해달라는 조건이었다.

누구누구만 사적으로 특혜를 주면 절대 안 된다고, 공평하고 투명하게 해달라 부탁하였다.

“다른 사람들에게도 똑같이 해야 됩니다. 일이나 똑바로 공정하게 해주세요.”

당시 나는 LG연구원으로 회사에 다니던 때라, 위원장 같은 대표성 있는 일은 못 했지만, 위원회 대부분의 중요한 일을 내가 기안 작성하고 일을 추진하는 것을 보고 이를 높이 평가했다.

그러던 어느 날 강영모 계장이 LG 전자 연구소로 직접 찾아와서 내게 말했다.

“91년도에 지방선거가 있는데, 시의원으로 나오는 게 어떻습니까? 내가 보기에 하면 잘할 거 같은데.”

그 말을 듣고 나는 그때 막연하게 생각해 보았다. 막 90년이 오기 전이었는데, 시의원 선거가 2년 후에 있을 건데, 그때 시의원으로 나가면 좋겠다고 생각했다. 그때는 그냥 좋겠다, 라고 생각했지 당장 해봐야겠다고는 생각하지 않았다. 그냥 미래에 있을 먼 꿈이었다.

그런데, 1990년으로 접어들어 집안에 우환이 겹쳤다.

90년 초에 집안 내 형님과 누님을 같은 해에 동시에 잃었다. 그런 우환이 겹쳐서 나는 시의원에 대한 내 꿈은 접었고, 회사도 그만두고 사업을 하게 되었다.

'정치는 봉사의 꽃'
봉사하며 시민의 목소리를 듣다

사업이 어느 정도 궤도에 오르자 나는 여러 사회단체에 가입하게 되었고 또 여러 자선단체에 지원하였다.

사업 초창기 나 또한 여러 업체 사람과 거래도 하고 영업도 하면서 고마움도 느끼고 사람과의 관계가 무척이나 중요하다는 생각이 들었기 때문이다.

봉사는 우리 사회를 이해하는데, 아주 중요한 기회를 준다. 지금도 마찬가지다. 한 사람의 경험은 자신이 몸 담은 곳에만 한정되기 마련인데, 여기저기 봉사단체를 다녀 보면 우리 사회의 여러 방면 사람을 만날 수 있고 우리 사회의 여러 면, 특히 취약한 점을 알 수가 있다. 봉사는 남을 이해하고 베푸는 일이지만 동시에 해보면 자신에게도 아주 좋은 일이라는 것을 알 수 있다. 누구나 늘 잘나갈 수 없고 누구나 늘 도움만 받지 않는다. 우리는 도움도 받고 또 주고 하는데 나

한나라당 창원을 당원협의회(위원장 강기윤)가 지난 2009년 6월 12일 창원 북면 신천마을에서 도난실 도의원당직자와 자원봉사자 등 100여명이 참석한 가운데 감자 수확 일손돕기를 했다

는 사업하는 사람으로서 늘 그 점을 명심하고 있다. 특히 내가 살아온 배경을 생각하면 봉사에 대해서도 조금 다르게 접근해 왔다. 그래서 사회단체에 가입하기도 하고 또 봉사도 열심히 했다.

이런 부분은 내가 정치하면서 많은 도움을 받았다.

봉사에 눈을 뜨게 된 첫 계기가 방범대, 밤에 사람들이 일상을 마감하고 모두 잠드는 시간 활동을 시작하는 경찰이지만, 사실 경찰만 가지고 치안이 모자란다. 마을 젊은 사람들이 경찰과 함께 별일 없는지 동네를 한 바퀴 도는데, 이것을 순찰이라 한다. 그래서 각 지역 경찰 서에는 방범 순찰대가 있는데 이 방범 순찰대를 돕는 방범 자문위원회가 있다.

순찰 활동하는 사람이 있고 그 위에 방범 자문위원회라고 지역에 명망가들이 도와주고 하는 경찰서 관변 단체이다. 내가 그 자문위원회 총무를 맡게 되었는데 방범대 대원들에게 방한복을 전달하기도 하고 그들에게 필요한 것을 잘 알고 지원해 주는 일이었다. 그렇게 일하는 것을 보고 주위에서 말했다.

"아이고, 도의원, 시의원 하면 참 잘하겠는데, 한번 도전해 봐요."

그 말을 듣고 정당에 가입하고 정치를 하게 되었는데, 마침 사업이 잘되어 사회 봉사활동에 눈을 뜨게 된 것이 나중에 내 정치 입문에 큰 자산이 되었다.

우리 동네에서도 장학금이 필요하다고 해서 장학금을 내어주었는데 이것이 경남신문에 실리기도 했다. 처음에는 사업으로 경제적 여유가 생겨 남을 돕고 사회단체 활동하게 되었지만 나는 활동이 보람이 있다는 사실을 발견했다.

그 외 사파동 바르게 살기와 체육진흥회 회장을 맡기도 하고, 한국청년지도자연합회 도회장, 라이온스, 팔각회, 지체장애인 후원회, 참주권시민운동 운영위원장 등, 상당히 많은 단체에 가입하여 활동하고 또 지원하였다.

지금도 사회에 많은 도움을 받게 되어 그것을 조금이라도 갚는다는 마음에 시작한 봉사활동을 정말 잘한 일로 생각한다.

내가 흙수저로 태어나 이런저런 고생을 해봤기에 사람들에 대한 공감을 잘하는 편이다. 어려운 사람들과 공감을 잘하고 특히 사회 구조적 문제일 때는 해결점을 찾기 위해 애쓰는 경향이 있다. 웬만한 것은 이해하고 넘기는 편이지만, 아직도 부당하다고 생각하는 것은 못 참고, 파헤치고 따져서 바로 잡아야 한다.

이런 점이 정치적 행보에 도움이 되었고 강력한 동기가 되었지만, 근원적인 나의 성격에 정치가 그렇게 맞지는 않다고 생각할 때도 있다. 나는 비교적 단순한 삶, 이를테면 농부의 삶과 같이 정직하게 노력한 만큼 받는 그런 삶의 형태를 꿈꾸어왔다. 그런 측면에서 정치가 좀 위선적이고 때로는 상대의 약점에서 이쪽의 기회를 삼을 때가 많아서 나의 성격에 맞지 않다고 생각할 때가 많다. 정치는 훨씬 복잡한 이해관계가 충돌하고 전략적으로 접근하고 조율해야 하는 자리이다. 그래서 진실과 바름을 추구하기보다 이해와 이익이 중요할 때가 있다. 나는 성격상 진실과 바름이 중요한데 정치는 그렇지가 않다. 누가 옳고 그른지보다 조율이 중요하고 때로는 전략상 나쁜 선택도 한다.

그동안 내가 참여한 단체나 봉사활동이 나중에 내가 정치 활동 하는데 나를 지지해 주는 힘으로 돌아왔다. 그런 사회활동으로 모인 사람들이 결국은 사회 고관여층이었고 여론을 적극적으로 주도해 가는 사람들일 가능성이 많았다. 자연스럽게 경선에 참여할 수 있게 되고, 또 이기기도 하고 최종 후보가 되기도 하였다.

그런 점에서 정치도 활동하는 만큼 돌아온다는 사실을 알게 되었다. 이를 통해 나는 정치가 사실은 봉사의 꽃이라고 생각한다. 정치의

진주혁신도시 공공기관 노조연합회와 각사 자원봉사자 및 진주시 자원봉사들과 함께 김장나눔 행사를 하고 있다

좋은 면이고, 그래서 성향상 맞지 않는 부분이 있어도 정치를 계속하고 있는 이유이기도 하다.

'나라면 이런 부분에서 조금 더 잘할 수 있겠다'라는 마음이 언제나 정치로 나를 이끄는 힘이 되고 있다.

8장

도의원 진출,
날카로운 질문으로
'특위스타'가 되다

현장에서 답을 찾는
행동의 리더십

도의회 입성,
그리고 '특위 스타'로 불리다

1999년, 나는 한나라당에 입당했다. 남을 위해 나서기를 주저하지 않던 성격, 그리고 주변의 끊임없는 권유가 결국 나를 '제도권 정치'의 길로 이끌었다. 2002년 제3회 전국동시지방선거는 그 첫 시험대였다. 나는 민주노동당 최은석 후보를 상대로 승리를 거두며 경상남도 도의원으로 첫발을 내디뎠다. 당선의 기쁨 속에서도, 이 모습을 가장 자랑스러워하셨을 아버지가 이미 세상을 떠나고 안 계시다는 사실은 끝내 가슴 한구석의 아쉬움으로 남았다.

도의회 입성 후, 나는 기획행정위원회 위원장을 맡아 지역 현안을 정면으로 다뤘다. 당시 내가 집중했던 문제는 부산·경남 지역의 불합리한 터널 통행료 문제와 지방의원들의 허술한 해외 연수 관행이었다.

그러나 무엇보다 목소리를 높였던 사안은 바로 '마산·창원·진해 광역 도시계획'이었다. 당시 세 도시는 각각의 생활권을 가진 독립 도시였고, 산지와 녹지 축이 자연스러운 경계를 이루고 있었다. 도시 기능의 통합도 이루어지지 않은 상황에서 섣불리 녹지 해제만 진행된다면, 난개발과 지가 상승은 불 보듯 뻔한 일이었다.

2003년 3월, 나는 경남도의회 행정사무조사에서 건설도시국과 경남발전연구원을 상대로 이 문제를 집요하게 파고들었다.

"김대중 정부 시절, 중앙정부는 난개발 방지를 위해 '광역도시는 부분 해제, 중소 도시는 전면 해제'라는 원칙을 세웠습니다. 그런데 마산·창원·진해는 광역도시가 아님에도 도는 임의로 '부분 해제'를 결정했습니다. 전면 해제가 가능한 지역에 왜 굳이 광역도시 기준을 적용해 우리 지역의 발전 기회를 박탈하고 주민들에게 불합리한 규제를 강요합니까? 경상남도는 이에 대해 책임 있는 답변을 내놓아야 합니다."

나는 집행부를 향해 날카롭게 질문을 쏟아냈다. 대충 넘어가는 법 없이 치밀하게 자료를 준비했고, 송곳 같은 질문으로 도 집행부의 허점을 낱낱이 들춰냈다. 우리는 5·6대 도의회의 기록까지 뒤져가며 현장 조사, 업무 보고, 사업 검증을 반복했다. 이러한 활약 덕분에 2004년 무렵, 나는 '경남도의회의 특위 스타'이자 '도청 저격수'라는 별명을 얻기도 했다.

당시 특위가 다룬 과제들은 결코 가볍지 않았다. 도가 진행하던 각종 투자·출자기관(경남개발공사, 경남무역, 마산밸리) 문제부터 F1 국제자동차경주대회 유치 논란, 김해관광유통단지 사업, 파산한 통영 굴 껍데기 처리장과 밀양 산내 수출 농장 문제까지, 어느 것 하나 쉬운 사안이 없었다.

자신감을 얻은 나는 2004년 창원시장 보궐선거에 도전하기 위해 한나라당 예비후보로 등록했다. 그러나 경선 과정은 혼탁했다. 나는 중앙당과 도당 공천심사위원회에 "투명한 민주 경선과 시민 경선 실시"를 강력히 요구했다. 특정 후보를 위한 밀실 공천이 반복된다면 당이 심각한 위기에 빠질 것이라 경고했다. 하지만 결과는 달라지지 않았다. 중앙당은 지역의 지지 기반을 묻는 절차적 공정성을 무시한 채 전략공천으로 밀어붙였고, 그렇게 창원시장 후보는 결정되었다. 지방정치에서 중앙당의 공천 구조가 얼마나 견고하고, 동시에 얼마나 폭력적인지 뼈저리게 실감한 순간이었다.

2005년에는 선거구 획정안의 '기습 처리' 문제로 많은 비판을 받기도 했다. 정치적 판단과 의회의 역학이 충돌할 때, 모든 결정을 모두가 만족할 수는 없다. 다만 그 시기를 지나며 내가 배운 것은, 권력의 논리보다 더 중요한 것은 결국 '정당성'이라는 점이었다.

이 시기에 나는 정치가 무엇인지, 그리고 무엇이어야 하는지를 온몸으로 체감했다. 광역 계획의 허점을 파고든 문제의식, 공천 구조에 맞선 저항, 특위 활동에서의 집요함. 이 모든 경험은 단순한 도의원이라는 직함보다 더 큰 의미를 남겼다. 정치의 최전선은 국회가 아니라, 이해관계와 생활 문제가 뒤엉킨 바로 그 지역 현장이었다. 그 치열한 현장을 통과해야 비로소 더 큰 정치로 나아갈 수 있다는 사실을, 나는 그때 비로소 깨달았다.

경남도의회 독도 영유권 침탈 규탄 결의안 제안 설명 / 2005.3.23

더 큰 무대로,
2천 표의 아쉬움

2006년, 나는 제4회 전국동시지방선거에 다시 한번 도전했다. 결과는 성공이었다. 민주노동당 이승필 후보를 누르고 제8대 경상남도의회 재선 의원이 된 것이다. 재선 의원으로서의 무게감은 달랐다. 나는 건설소방위원회 위원으로 활동하는 동시에, 경남도의회 한나라당 원내대표직을 수행하며 당내 입지를 단단히 다져나갔다.

하지만 내 시선은 점차 더 넓은 곳을 향하고 있었다. 2007년, 나는 정들었던 도의회를 떠나 중앙 정치 무대에 도전하기로 결심했다. 초선 시절 얻은 '특위 스타'라는 별칭은 나에게 단순한 칭찬 이상의 자극제였다.

문득 5공 청문회 당시 날카로운 질문으로 일약 스타가 되었던 노무현 전 대통령의 모습이 떠올랐다. '경남도의회의 특위 스타였던 나라고 해서 중앙 무대에서 통하지 말란 법은 없지 않은가?' 그 자신감이 나를 더 큰 도전으로 이끌었다.

2007년 12월, 나는 6년간의 도의회 생활을 마무리하고 사퇴서를 던졌다. 배수의 진을 친 것이다.

2008년 제18대 국회의원 선거(창원시 을)를 앞둔 한나라당의 당내 경선은 본선보다 더 치열했다. 이기우, 이재경(변호사), 공창석(전 행정부지사), 권영상(변호사) 등 내로라하는 지역의 명망가들이 대거 뛰어들었다. 나는 그 쟁쟁한 경쟁자들을 뚫고 당당히 최종 후보로 선출되었다. 바닥부터 다져온 지역민과의 스킨십이 빛을 발한 순간이었다.

그러나 본선의 벽은 높았고, 바람은 거셌다. 상대는 진보 정치의 거물, 민주노동당 권영길 후보였다. 개표 내내 피를 말리는 접전이 이어졌지만 불과 2,000여 표 차이로 낙선하고 말았다.

돌이켜보면 뼈아픈 아쉬움이 남는 승부였다. 당시 박근혜 전 대표 측의 탈당과 '친박연대' 출현으로 인한 공천 파동이 보수 진영을 강타했고, 어수선해진 당의 분위기가 선거 판세에도 적잖은 역풍으로 작용했기 때문이다. 비록 낙선했지만, 거물을 상대로 한 2천 표 차의 승부는 나의 경쟁력을 확인시켜 준 값진 경험이었다.

9장

국회에서 8년,
국감 · 입법
우수의원상 4관왕

현장에서 답을 찾는
행동의 리더십

19대 험지에서의 승리, 그리고 국회에서의 맹활약

　도의원 시절, 조례 제정의 한계와 집행부를 감시하는 역할의 제약 (수동성)을 절감하며 국회 진출의 꿈을 키웠다. 하지만 2008년 첫 도전은 실패였다. 그러나 나는 조급해하지 않았다. 패배를 거울삼아 부족함을 채우기로 했다. 나는 곧바로 학업에 매진하여 2010년 8월, 창원대학교에서 행정학 박사 학위를 취득했다. 이론과 실무를 겸비한 전문가로 거듭나기 위한 와신상담의 시간이었다.

　4년 뒤인 2012년, 나는 제19대 국회의원 선거에서 새누리당 후보로 경남 창원시 성산구(구 창원시 을)에 다시 출사표를 던졌다. 창원 성산구는 '공단'으로 대변되는 산업도시의 정체성이 가장 뚜렷한 곳이다. 노동자가 밀집해 있고, 권영길 · 노회찬 등 거물급 진보 정치인을 배출한 이른바 '진보의 성지'였다. 보수 정당 후보에게는 사지死地

나 다름없었다.

하지만 나는 승산이 있다고 판단했다. 이곳의 유권자들은 이념보다 '삶의 문제'에 민감했다. 나는 이 지역 토박이이자, 공업단지에서 기름밥을 먹으며 회사를 일궈본 현장 출신이었다. 이념 논쟁 대신 지극히 상식적이고 실용적인 생활 정치를 앞세운다면 승산은 충분했다.

치열한 당내 경선을 뚫고 단일 후보로 확정된 후, 본선에서는 천운도 따랐다. 당시 야권은 단일화에 실패했다. 진보 진영의 표가 통합진보당 손석형 후보와 진보신당 김창근 후보로 갈라진 것이다. 두 야권 후보의 득표 합계는 54,544표였으나, 표가 분산된 덕분에 나는 52,502표를 얻어 2,000여 표 차이로 신승辛勝을 거둘 수 있었다.

"지역의 봉사자로서 창원 시민의 마당쇠가 되겠습니다." 당선 소감은 단순한 수사가 아닌, 내 정치 인생의 다짐이었다.

19대 국회(2012~2016)는 초선의 패기와 열정을 모두 쏟아부은 시기였다. 나는 초선으로서는 이례적으로 국회 행정안전위원회(행안위) 간사를 맡는 행운을 얻었다. 행정학 박사로서의 전문성, 도의회 재선 및 원내대표 경험 덕분에 정책 질의와 법안 발의에서 두각을 나타낼 수 있었다. 그 결과 경남도 내 국회의원 중 최다인 54건의 법안을 대표 발의했고, 국정감사 · 입법 우수의원 4관왕을 달성하며 'A+급 의정 활동'이라는 과분한 평가도 받았다.

행안위 간사 시절, 나는 특히 경찰과 소방 공무원들의 열악한 처우 개선에 매달렸다. 우리 사회의 안전을 책임지지만, 정작 보이지 않는 곳에서 홀대받는 그들의 현실이 눈에 밟혔기 때문이다. 한번은 전경들의 식판을 보고 경악을 금치 못한 적이 있다. 혈기 왕성한 청년들의 식판에 담긴 것은 고작 김치 조각 몇 개와, 소가 지나간 자리 마냥 기름만 둥둥 뜬 묽은 국뿐이었다. "나라 지키러 온 젊은이들에게 이게 먹일 음식입니까?" 나는 국감장에서 식판 사진을 들어 보이며 호통을 쳤고, 즉각적인 개선을 요구했다.

인권 문제에도 목소리를 높였다. 노사 분규 현장에서 경찰의 진압 과정 중 노조원의 입술이 찢어지는 사고가 있었는데, 경찰이 응급처치랍시고 포장용 스카치테이프로 상처를 감아놓은 것을 보게 되었다. 나는 보수 여당 소속이었지만 묵과할 수 없었다. "국민을 보호해야 할 경찰이 곤봉으로 입술을 찢고, 그걸 테이프로 붙입니까? 나는 강하게 질타했다.

그런 한편 경찰 공무원의 직급 현실화와 소방 공무원 처우 개선 등 구조적인 문제 해결에도 앞장섰다. 이런 활동 덕분에 '할 말은 하는 여당 의원'으로 신뢰를 얻을 수 있었다.

행안위 간사를 맡고 있던 2014년은 대한민국 역사상 가장 비극적인 해 중 하나였다. 경주 마우나리조트 붕괴, 세월호 참사, 장성 요양병원 화재, 고양 터미널 화재 등 대형 재난이 끊이지 않았다. 그리고 10월, 성남 판교테크노밸리 환풍구 붕괴 사고로 16명이 사망하는 참사가 발생했다.

　10월 22일, 국회 행안위 국정감사에 당시 성남시장이었던 이재명 현 대통령과 남경필 경기도지사가 증인으로 출석했다. 쟁점은 환풍구 사고의 책임 소재였다. 당시 야당(새정치민주연합)은 성남시의 책임이 없음을 방어하려 했고, 여당 간사였던 나는 책임을 추궁하는 입장이었다.

　"성남시가 인허가에 대한 책임이 있지 않습니까? 그 환풍구는 사람이 올라가지 못하게 막았어야 할 시설물입니다." 내가 따져 묻자 이재명 시장은 단호하게 "책임이 없다"고 맞섰다.

　설전이 오가는 도중, 조원진 의원의 질의 시간에 이재명 시장이 묘한 웃음을 지어 보인 것이 발단이 되었다. 국감장은 순식간에 얼어붙었다. "지금 웃음이 나옵니까? 성남 시민 스물 몇 명이 죽거나 다쳤는데 실실 웃어요?" 내가 호통치자 이재명 시장은 지지 않고 받아쳤다. "기가 막혀서 웃었습니다. 질문을 하셨으면 답변할 기회를 주셔야 하지 않습니까?"

　결국 이 시장이 유감을 표명하며 상황은 정리되었다.

진보정치의 성지에서
국회의원 재선에 성공하다

19대 의원 임기를 성공적으로 마치고, 2016년 제20대 총선에 새누리당(당시) 후보로 재선에 도전했다. 선거 초반 분위기는 나쁘지 않았다. 아니, 오히려 낙관적이었다.

당시 함께 국회 행안위에서 활동하던 정청래 의원(당시 더불어민주당 간사)이 내게 건넨 말이 아직도 생생하다. "20대 국회에 입성하는 의원 1호는 무조건 강기윤이다. 우리 강기윤 간사님은 당선 확정이나 다름없어요." 여당도 아닌 야당의 핵심 의원이 그렇게 장담한 데는 이유가 있었다. 바로 '선거 구도' 때문이었다.

당시 창원 성산구는 야권 분열이 예상되었다. 더불어민주당 허성무 후보가 출마를 준비 중이었고, 정의당에서는 노회찬 후보가 서울

노원병을 떠나 경남으로 내려온다는 소식이 들려왔다. 진보 진영 후보가 둘로 나뉘어 삼자 대결이 펼쳐진다면, 보수 단일 후보인 나의 승리는 수학적으로도 명확해 보였다.

하지만 정치는 생물이었다. 처음에는 각자도생할 것 같았던 야권에 문재인 당시 민주당 대표가 내려와 단일화의 불씨를 지폈다. 나는 허성무 후보를 만나 의중을 떠보았다. "선배님, 저는 단일화 안 합니다. 무조건 끝까지 갈 겁니다." 그는 내 눈을 보고 단호하게 말했다. 그 말을 믿었다. 하지만 선거 막판, 상황은 급변했다. 결국 허성무 후보가 사퇴하고 노회찬 후보로 단일화가 이루어진 것이다. '1대 1대 1'의 싸움이 '1대 1'의 진검승부로 바뀌는 순간이었다.

엎친 데 덮친 격으로 보수 진영 내부의 악재도 터졌다. 소위 '옥새 파동'으로 불리는 공천 갈등이 극에 달하며 계파 싸움에 실망한 유권자들이 등을 돌리기 시작했다. 결국 노회찬 정의당 후보가 51.50%(61,897표)를 얻어 당선되었고, 나는 40.21%(48,336표)를 얻어 고배를 마셨다. 20대 국회 진출의 꿈은 그렇게 좌절되었다.

시련은 길었다. 2년 뒤인 2018년 지방선거에서 창원시장 후보 경선에 나섰지만 탈락의 쓴잔을 마셨다. 그리고 2019년, 노회찬 의원의 갑작스러운 비보로 치러진 보궐선거에 다시 기회가 찾아왔다.

당시 선거의 핵심 화두는 단연 '경제'와 '탈원전'이었다. 대한민국 기계 산업의 심장인 창원은 문재인 정부의 급격한 탈원전 정책으로 신음하고 있었다. 두산중공업(현 두산에너빌리티)을 비롯한 원전 관련 중소기업들이 일감을 잃었고, 노동자들의 한숨은 깊어만 갔다. 나는 목소리를 높였다.

"문재인 정부의 독단적인 탈원전 정책으로 창원 경제가 무너지고 있습니다. 국회에 들어가면 즉시 탈원전 특위를 구성하고, 중단된 신한울 3·4호기 건설을 재개시켜야 합니다. 이것만이 창원을 살리는 길입니다." 나는 친환경 에너지로의 전환 자체를 반대한 것이 아니었다. 준비 없는 급격한 전환이 가져올 지역 경제의 파탄을 막고자 했다.

하지만 승리의 여신은 이번에도 나를 외면했다. 선거 막판 불거진 '축구장 유세 논란'이 뼈아팠다. 경남FC 경기장에서의 선거법 위반 논란을 빚었고, 나는 즉시 사과했으나 이미 돌아선 민심을 되돌리기엔 시간이 부족했다. 결과는 불과 504표 차. 진보 진영의 여영국 정의당 후보에게 석패했다. 내 정치 인생에서 가장 아쉽고 고통스러운 패배였다.

보궐선거 패배 후 1년, 나는 다시 신발 끈을 동여맸다. 2020년 제21대 국회의원 선거였다. 이번에는 판세가 2016년과는 정반대로 흘러갔다. 4년 전 나를 울렸던 야권 단일화는 없었다. 진보 진영은 정의

2020년 창원시 성산구 총선에서 승리한 미래통합당 강기윤 당선인과 부인이 환호하고 있다 /경남신문/

당 여영국 의원과 더불어민주당 이흥석 후보로 표가 갈라졌고, 나는 보수 진영의 단일 후보(미래통합당)로 나섰다.

나는 지난 패배들을 교훈 삼아 더 절박하게 뛰었다. 진보의 성지라 불리는 창원 성산구에서 보수의 가치와 실용주의를 호소했다. 유권자들은 흔들리는 나에게 다시 한번 기회를 주었다. 결과는 47.30%(61,782표) 득표. 나는 재선에 성공하며 21대 국회로 화려하게 복귀했다. 무엇보다 '진보 정치 1번지' 창원 성산에서 보수당 후보로 두 번이나 당선되는 진기록을 세운 순간이었다. 멈추지 않고 달려온 뚝심이 만들어낸 결과였다.

코로나 비상시국의 보건위 간사 활동, K-방역을 비판하다 (유전장수有錢長壽, 무전단명無錢短命)

21대 국회 활동은 보건복지위원회 간사를 맡아 당시 코로나 방역 비상시국의 핵심적인 위치에 있었다.

국회 개원과 동시에 전 세계를 휩쓴 코로나19라는 거대한 재앙이 닥쳤으니, 보건복지위원회는 곧 전쟁터와 다름없었다.

국민의 생명과 안전을 지키는 최전선에 서게 된 것이다. 내 모든 관심은 이 비상시국에서 국민의 일상을 어떻게 회복시킬 수 있을지에 쏠렸다.

당시 문재인 정부는 'K-방역'이 세계적 모범 사례라며 자화자찬하는 듯한 분위기였다. 그러나 현장에서 급박한 심정으로 볼 때, 그 'K-방역'에는 구멍이 숭숭 뚫려 있었다. 나는 정파를 초월하여, 오직 데이터와 현실에 바탕한 합리적이고 실용적인 대처법을 찾아야 한다는 일념으로 상임위에 임했다. 국민의 생명과 건강을 담보로 하는데, 이

넘이나 정략적 판단이 앞서서
는 안 될 일이었다.

나는 보건복지부 장관을 상
대로 끈질기게 물었다.

"K-방역이라고 하는데, 그
이름을 누가 지었소?"

내가 묻자, 장관도 아무도 그 작명자를 모른다고 했다. 그렇다면
K-방역의 특성이 무엇이며, 다른 나라와 구별되는 자랑할 만한 성과
는 무엇이란 말인가. 정부가 내놓은 방역 대책이란 고작 "밖으로 나
가지 말라, 둘 이상 모이지 말라, 식당 문 닫아라"와 같은 국민의 일상
을 옥죄는 규제뿐이었다.

나는 단호하게 말했다.

"국민들은 이 K-방역을 '킬 방역'이라 부릅니다. 국민들을 죽이는
방역이라는 뜻입니다."

재난지원금으로 국민을 길들이기 하듯 닭 모이를 주듯 하는 행태
를 멈추고, 빨리 특단의 조치를 취해 국민들의 일상을 되돌려주어야
한다고 목소리를 높였다. 백신만이 국민을 일상으로 복귀시키는 유
일한 예방책이었기 때문이다.

당시 코로나19 사태의 핵심은 백신 확보였다. 상임위에서 나는 박
능후 복지부 장관을 몰아붙였다.

"다른 나라들은 입도선매하여 백신을 일곱 배, 여덟 배나 사들이는

데, 우리는 무엇을 하고 있습니까?"

장관은 공무원들이 백신을 미리 사두었다가 국민들이 안 맞아서 남아돌면 나중에 문책을 당할까 두려워한다고 실토했다. 나는 그 무책임하고 소극적인 태도에 분노했다.

"장관님, 만약 사 놓았는데 국민들이 안 맞아서 남아돈다면, 그 백신은 내가! 내가 다 살 테니 걱정하지 말고 당장 사 놓으시오!"

이 발언에 상임위 회의장은 폭소로 가득 찼고, 이내 언론의 큰 화제가 되었다. 이는 그저 농담이 아니었다. 국민의 생명이 달린 문제에 머뭇거리는 정부의 태도를 질타하고, 국민을 살리는 일에는 어떤 정치적, 행정적 책임도 내가 지겠다는 비장한 각오의 표현이었다. 나는 정부가 편성하지 않았던 백신 구매 예산 9천억 원을 본예산에 편성하도록 강하게 주장하였고, 결국 이는 관철되어 실제 예산에 반영되었다.

백신 구매가 늦어져 결국 2021년부터나 본격적인 접종이 시작되었으니, 그 사이 얼마나 많은 확산과 피해가 있었겠는가.

2021년 새해가 밝자마자, 나는 정세균 국무총리를 상대로 긴급 현안 질문을 펼쳤다.

"총리, 국가가 관리하는 교정 시설인 구치소에 구금된 수형자 1,000명 중 800여 명이 코로나에 걸려 확진율이 80%에 달합니다! 국가가 관리하는 이 시설조차 통제가 안 되는데, 어찌 K-방역을 잘하고 있다고 자화자찬할 수 있습니까?"

나는 심지어 창문에 붙어 신문지를 흔들며 '살려달라'고 호소하는 수형자들의 사진까지 제시했다.

나의 질문에 총리는 "그 나라 확진자를 한번 알아보세요"라거나 "그 나라 정부에 가서 물어보시죠"라는 황당하고 무책임한 답변을 내놓았다. 나는 "총리, 백신은 치료제가 아니고 예방약입니다! 확진자 수와 백신 선구매가 무슨 관계가 있단 말입니까?"라고 몰아붙였다. 백신 확보에 대한 정부의 의지 부재를 질타했으나, 총리는 끝내 납득할 만한 답변을 내놓지 못했다.

이 긴급 현안 질문 후, 나는 반대 세력의 집요한 타겟이 되었다. 내가 복지위에서 국민을 위해 바른 소리를 하자, 눈엣가시처럼 여겨졌을 것이다. 곧이어 JTBC를 시작으로 좌파 언론을 통해서 근거 없는 부동산 투기 의혹 등이 터져 나오며 나를 공격했다. 국민의 생명과 일상을 돌려달라고 외친 정치적 대가는 너무나 가혹했다.

문재인 정부 시절이었고, 내가 국무총리를 상대로 해서, 질의했다.

코로나 방역 외에도, 보건복지위원회의 간사로서 나는 사회의 가장 취약한 사각지대를 집중적으로 살폈다.

지금의 김민석 총리가 그때 우리 보건 복지 위원장 할 때였고 지금 비서실장으로 있는 강훈식도 아마 그때 나와 같이 간사를 했을 때이다.

"장관. 내가 만약에 대통령 후보가 된다면 나는 무상 의료를 꼭 해주고 싶다. 돈이 있는 사람은 오래 살고 돈이 없는 사람은 일찍 죽는,

이런 사회를 저는 바꾸고 싶다. 그래서 유전장수有錢長壽 무전단명無
錢短命. 돈이 있으면 오래 살고 돈이 없으면 빨리 죽는 유전 장수요,
무전 단명. 이것을 꼭 저는 없애고 싶어요.”

이랬더니, 당시 보건위 김민석 위원장이,

“우리 보건 복지 위원회에도 대선 후보가 한 분 나왔네요.”

하면서,

“국민의 힘 우리 강기윤 간사님이 앞으로 대선 후보로 나오시면 우
리 복지위는 많이 밀어줍시다. 무상 의료를 주장하시는 분입니다.”

라고 말해서 보건위 여야 의원들의 관심을 많이 끌었다.

나는 평소 안행위나 보건위를 담당하면서 복지는 정치적 이념이나
좌우의 개념으로 다루어서는 안 된다고 생각하고 있다. 계량화되고
실용적인 정책을 펴서, 돈이 없어 병원 문턱조차 넘지 못하고 죽는
사람이 없어야 한다는 것이 내 지론이었다.

한편, ‘문재인 케어’로 재정 건전성이 악화되는 국민건강보험공단
에 대해서도 “곶감을 빼 먹을 수는 있지만 소는 누가 키우나”라며, 무
분별한 혜택 확대보다는 지속 가능한 재정 확보 대책을 마련할 것을
촉구했다.

백신 접종 후 이상 반응에 대한 정부의 무책임한 태도 역시 강력히
질타했다.

“접종 이상 반응에 대해 정부가 완전히 책임진다고 느껴지게 해야

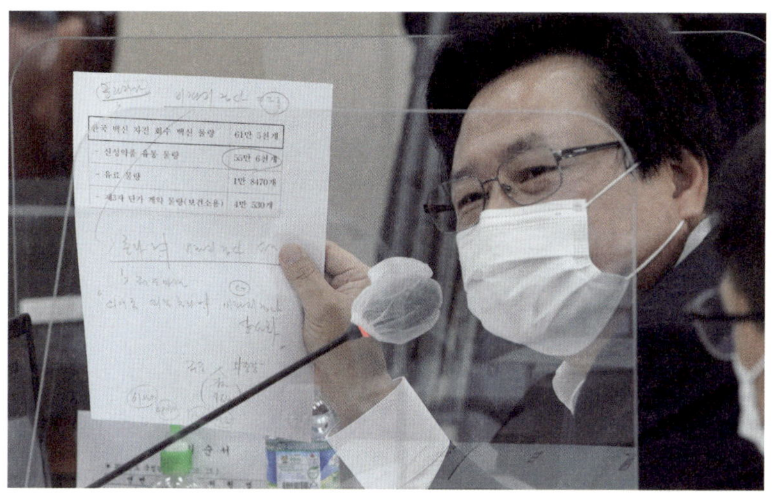

국민의힘 강기윤 의원이 2020년 10월 13일 국회 보건복지위원회의 식품의약품안전처 등에 대한 국정감사에서 백색입자가 발견돼 회수된 백신 등과 관련해 이의경 식품의약품안전처장에게 질의하고 있다 /경남신문/

하는데, 전혀 없습니다! 인과성을 인정하는 것이 죽음보다 더 어렵다는 것이 보건 당국의 생각입니까?!"

인과성 없음이라는 무책임한 말로 국민을 불안하게 만들지 말고, 애민 정신으로 국민을 보호해야 한다고 강조했다. 결국, 이 질타를 통해 인과성 인정 범위 확대 고려와 '코로나19 백신 안정성위원회' 출범이라는 답변을 질병관리청으로부터 이끌어낼 수 있었다.

이러한 의정 활동은 오로지 국가와 국민을 향한 일념에서 비롯되었다. 아픈 사람들의 마음을 대신해서 말해주고, 현장의 목소리를 경청했던 그 기억 덕분에 보건 의료 및 보육 단체들은 지금도 나에게 고마움을 표한다. 나는 국민의 생명, 안전, 복지에는 여야가 없다는 신념으로, 보건복지위원회를 국회의 모범 상임위로 만들기 위해 모든 힘을 다 쏟았다.

또, 나는 일선 현장의 최전선에서 고군분투하는 이들의 목소리를 대변하는 데 주력했다.

간호법과 간호조무사의 문제는 매우 첨예했다. 현장에서 가장 힘들게 일하는 이들의 처우와 책임의 한계가 불분명했다. 나는 이들의 열악한 처우를 개선하고, 업무의 전문성을 인정받도록 하기 위해 노력했다.

가정 어린이집 교직원 처우 문제에도 깊은 관심을 두었다. 20명 이하의 아파트 내 어린이집 교직원들은 재정 상태가 빈약하여 제대로 된 임금조차 받지 못하는 경우가 많았다. 나는 이런 보육 사각지대에 집중적으로 관리와 지원을 해야 한다고 주장하여, 당시 어린이집에 근무하시던 분들로부터 지금까지도 깊은 감사의 인사를 받고 있다.

2020년과 2021년 연속으로 국정감사 우수 국회의원으로 선정되는 영예를 안았으니, 이는 나의 의정 활동이 오로지 국민만을 향하고 있음을 증명하는 방증이었다.

19대 및 21대
국회 주요 의정활동

2020년 5월 30일~2023년 12월 24일 분석

강 의원 165건 발의 41건 통과 '독보적'

경남 21대 국회의원의 입법 성적을 분석한 결과 강기윤(창원 성산·국민의힘)의원이 법안 발의와 통과 건수에서 경남 국회의원 중에서 독보적인 1위를 기록했다.

국회 의안정보시스템 자료를 분석한 결과 재선인 강기윤의원은 모두 165건을 발의해 도내 16명 의원 가운데 가장 많은 법안을 발의했다.

국회 통과 법안도 41건으로 가장 많았다. 이 중 5건은 법안 완결성이 높아 발의한 내용 그대로 원안 통과됐다. 21대 의원 때도 강기윤 의원은 총 186건을 발의해 이 중 52건이 본회의를 통과했다.

> ▲ 강기윤 의원은 19대에서도 총 165건을 발의해 경남 전체 의원 중 1위를 차지했다. 발의한 법안 중 본회의 통과는 모두 41건이며 임기 만료 등으로 폐기된 법안은 총 124건이다.

> ▲ 강기윤 의원 "지역 완결형 의료체계 구축 위해 창원의대 꼭 신설해야"

국회 보건복지위원회 소속이던 강기윤(창원 성산구·국민의힘) 의원은 지난 2024년 3월 늘어난 의대 정원에 환영을 표하는 한편 창원의대 신설을 다시 한번 강력하게 촉구했다.

정부는 2025학년도 의대 정원 배분 결과 발표에 따르면 수도권에는 361명, 비수도권에는 1,639명이 배정돼 전체 입학정원은 2,000명 늘어난 5,058명으로 확정됐다. 이 중 경남은 경상국립대에 124명을 추가 배정해 2025학년도 입학정원은 총 200명으로 결정됐다. 이는 충북대에 이어 두 번째로 많은 규모이다.

하지만 강기윤 의원은 "경남 전체에 이미 배정된 74명의 인원을 보강한 것에 불과하다"며 보건복지위원회 간사를 역임하며 지난 4년간 강조한 지역 완결형 의료체계 구축을 위해서는 "창원의대 신설이 반드시 필요한 상황이다"고 주장했다.

★ 강기윤 19대 국회 의정활동 평가에서 전체 국회의원 중 8위, 경남 국회의원 중 1위 기록

★ 강기윤, 19대 안전행정위 국정감사 및 대정부 질문서 날카롭고 예리로 한 질문으로 새누리당 저격수라는 호칭을 얻다.

서울시 국감에서 싱크홀 문제와 관련 서울시장 및 시울시청은 시민의 안전을 볼모로 눈가리고 아웅식 행정을 하고 있다 인기에만 영합하지 말고 시민의 안전을 최우선으로 해야 한다고 질책.

경기도 국감에서는 성남시 환풍구 붕괴사고 문제와 관련 필드에 있는 책임자들이 책임을 다할 때 대한민국은 안전해질 수 있다. 지자체는 국민안전에 대한 책임의식을 가져야 한다고 지적.

특히 이상 반응 관련 자료를 보다 투명하게 공개하고, 피해를 본 국민들의 목소리가 국감장에서 다뤄져야 한다고 지적했으며, 정부가 백신 안전성을 보다 적극적으로 관리·자료를 공개할 필요를 강조했다.

또 백신 임상시험 중 부작용 보고 문제와 관련 과거 국정감사에서는 국내 코로나 백신 개발 임상시험 중 '심근경색 등 중대한 이상 반응 사례가 발생했음에도 식약처가 이를 공개하지 않았다'는 자료를 제시하며, 이러한 정보 비공개가 국민 신뢰를 저해할 수 있다고 비판했다.

특히 코로나19 백신 접종비가 정부 예산안에 제대로 반영되지 않은 점을 지적하면서, 백신 접종비 9,000억원 규모의 예산을 국회 예결위 심사 과정에서 반영하도록 요구했고, 결과적으로 관련 예산이 증액 반영되도록 이끌었다.

아울러 인과성 인정 기준 및 피해 보상 확대도 요구했다.

강기윤 의원, 여성 중증질환에 정부 지원 강화 필요성 강조

국회 강기윤 의원(경남 창원 성산구, 보건복지위원회 간사)은 2023년 보건복지부 국정감사에서 "치료비가 없어서 치료를 못 받는 '유전장수(有錢長壽),무전단명(無錢短命)'이 있어선 안 된다"며, "약물치료를 제때 받으면 생존율 향상에 큰 도움이 되고, 윤석열 정부도 고액 의료비 부담 완화를 위한 중증질환 치료제 신속 등재 도입이 국정과제인 만큼 주무 부처가 의지를 갖고 중증질환에 대한 지원을 강화해야 할 것"이라고 강조했다.

백신이 먼저다
강기윤
백신

강기윤

강기윤
국민의힘
신동근
00.00

신동근
00.00

10장

고향 창원에 대한 애정과 시련

현장에서 답을 찾는
행동의 리더십

거듭된 실패와 시련을 통해
배우는 더 큰 정치

21대 국회의원 임기 중이었던 2022년, 제8회 전국 동시지방 선거가 다가왔다. 나는 오랜 꿈이었던 창원시장에 도전하기 위해 국민의힘 경선에 참여하기로 했다. 그러나 당시 당내 상황은 복잡하게 돌아갔다. 내 지역구인 창원 성산구는 진보 진영의 결집력이 강한 곳이라, 현역 의원인 내가 시장 출마를 위해 사퇴할 경우 이어지는 보궐선거에서 의석을 잃을 가능성이 크다는 우려가 팽배했다. 결국 당의 만류로 나는 눈물을 머금고 출마를 포기할 수밖에 없었다.

그로부터 2년 뒤인 2024년, 나는 3선 국회의원이 되기 위해 제22대 총선에 출마했다. 하지만 허성무 후보에게 불과 982표 차이로 아쉽게 패배하였다.

돌이켜보면 2008년부터 2024년까지, 보궐선거를 포함해 총 여섯 차례 국회의원 선거에 출마했다. 그 과정에서 두 번의 당선(19대, 21대)과 네 번의 낙선을 경험했다.

정치인에게 선거에서의 패배는 적지 않은 충격이지만, 나는 낙선 그 자체를 큰 아픔으로 받아들이지는 않았다. 그러나 사실이 아닌 억울한 누명으로 정치적 공격을 받는 것은 견디기 힘든 고통이었다.

2021년, 온 나라가 코로나19 팬데믹으로 신음하던 때였다. 나는 국회 보건복지위원회 간사로서 문재인 정부의 방역 정책을 누구보다 날카롭게 감시하고 대안을 제시해야 할 책무가 있었다. 당시 정부의 백신과 치료제 확보는 늦어졌고, 과학적 근거가 부족한 '방역 패스' 정책은 국민의 불편을 더했다. 나는 국민의 생명과 안전을 위해, "K-방역의 허상"을 지적하며 장관들을 향해 거침없는 쓴소리를 쏟아냈다. 그것은 단순한 비난이 아니라, 잘못된 것을 바로잡아 국민을 살리기 위한 절박한 외침이었다.

그런데 정부 여당의 아픈 곳을 찌르는 나의 의정 활동이 절정에 달했을 무렵, 마치 기다렸다는 듯 나를 향한 정치적 반격이 시작되었다. 2021년 3월, 일부 언론을 통해 뜬금없이 '땅 투기'와 '감나무 보상금 과다 수령' 의혹이 제기된 것이다. 나는 직감했다. 이것은 방역 실패를 지적하는 야당 간사의 입을 막으려는 명백한 표적 수사이자 정치 공세였다.

그들이 문제 삼은 땅은 1998년, 내가 사업으로 번 돈을 모아 평생 소작농으로 고생하신 부모님께 선물한 작은 과수원이었다. 재산이라 곤 논 다섯 마지기가 전부였던 집안에서, 자수성가한 아들이 4년 동안 피땀 흘려 모은 돈으로 마련해 드린 '효도의 징표'였다. 심지어 아버지는 2000년 그 밭에 거름을 주러 가시다 사고로 돌아가셨기에, 내게는 아버지를 향한 그리움과 아픔이 서린 땅이었다. 20년 넘게 소유했던 그 땅을 두고 투기라니, 말문이 막혔다.

또한 시에서 공원 조성을 위해 땅을 수용할 때, 지장물 보상금을 더 받았다는 의혹도 제기됐다. 이는 시에서 원주민들의 반발을 달래기 위해 통상적으로 적용한 기준이었고, 나뿐만 아니라 대부분의 지주가 비슷하게 보상받았다. 보상 업무를 맡은 용역업체의 실수로 과다 혹은 과소 책정된 오류들이 있었음에도, 언론은 오로지 나에게만 초점을 맞춰 '특혜'인 양 몰아갔다. 20년 된 땅을 시세차익을 노린 투기로 매도하는 것도 억울한데, 행정상의 오류까지 뒤집어씌우는 것은 너무나 가혹했다.

언론은 사실관계를 확인하려 들지 않았다. 자극적인 헤드라인을 받아쓰며 의혹을 부풀리기에만 급급했다. 하지만 나는 당당했기에 흔들리지 않았다. 진실은 반드시 밝혀질 것이라 믿었다. 내가 살아온 삶이, 그리고 그 땅에 얽힌 사연이 투기와는 거리가 멀다는 것을 내가 알고 하늘도 알 것이다.

결국, 기나긴 인내의 시간 끝에 2024년 1월 검찰은 모든 의혹에 대해 '혐의없음' 처분을 내렸다. 진실이 거짓을 이긴 것이다.

이 시련은 내게 정치란 무엇인가를 다시금 깊이 생각하게 했다. 나는 정치가 '봉사의 꽃'이라 믿으며 이 길에 들어섰다. 1998년, 사업 성공의 과실을 사회에 나누고 싶어 시작한 봉사 활동이 나를 도의원으로, 그리고 국회의원으로 이끌었다. 더 따뜻한 창원, 더 살기 좋은 세상을 만들고 싶다는 순수한 열정이 나의 원동력이었다. 하지만 현실 정치는 냉혹했다. 정책 대결보다는 네거티브가 난무하고, 상대를 쓰러뜨려야 내가 사는 정글과도 같았다. 싸움을 싫어하고 화합을 중시하는 내 성향과는 맞지 않아 회의감이 들 때도 많았다. 그럴 때마다 나를 다시 일으켜 세운 것은 '초심'이었다.

정치는 결국 사람을 향해야 한다. 당리당략과 이념을 떠나, 인간에 대한 깊은 연민과 이해가 바탕이 되어야 한다. 국민이 먹고사는 문제를 해결하고, 억울한 사람이 없도록 보살피는 '실용주의'와 '애민 정신'. 그것이 내가 정치를 시작한 이유이자, 끝까지 지켜야 할 가치임을 나는 뼈저리게 깨달았다. 비 온 뒤에 땅이 굳어지듯, 억울한 누명을 벗고 난 지금, 나는 정치의 본령을 향해 더 단단한 걸음을 내디딜 준비가 되어 있다.

창원시장에 대한 거듭된 도전과
창원인으로서의 자부심

나는 오랫동안 창원시장이라는 꿈을 향해 쉼 없이 문을 두드려왔다. 돌이켜보면 그것은 도전과 좌절이 반복된 가시밭길이었다. 2004년, 처음으로 창원시장 재보궐 선거에 도전했을 때 나는 한나라당 예비후보로 나섰으나 공천의 문턱을 넘지 못했다. 당시 나는 갓 도의원에 당선된 신인이었지만, 누구보다 창원을 잘 알고 사랑했기에 내 고향을 직접 경영해보고 싶다는 열망이 가득했다. 하지만 치열한 공천 경쟁 끝에 고배를 마셔야 했다.

2018년 제7회 지방선거는 더욱 아쉬움이 컸다. 문재인 정부 출범 후 치러진 중요한 선거였기에 보수 진영의 단합이 절실했다. 하지만 당은 경선을 하지 않고 조진래 후보를 전략 공천하였고, 이에 반발한 안상수 당시 시장이 무소속으로 출마하면서 보수표가 둘로 쪼개지고 말았다. 결국 어부지리로 민주당 허성무 후보가 당선되는 것을 지켜 봐야만 했다.

　가장 뼈아픈 기억은 2022년 제8회 지방선거다. 당시 나는 현역 국회의원이었고, 당내 여론조사에서도 1위를 달리고 있었다. 하지만 당 지도부는 내 지역구인 창원 성산구에서 보궐선거가 발생하는 것을 극도로 꺼렸다. 국회의원 의석수를 지키려는 중앙당의 전략적 판단 때문에, 가장 경쟁력 있는 후보였던 나는 경선 기회조차 얻지 못하고 배제되었다. 국민의힘 홍남표 후보가 결국 당선되었지만, 그는 경선 과정에서의 불법 행위로 재판을 받아 2025년 4월 시장직을 상실하였다. 개인의 능력이나 시민의 지지보다 당의 정치적 셈법이 앞섰던 그 과정은 나에게 큰 시련이자 아픔으로 남았다.

　그럼에도 불구하고 내가 포기하지 않는 이유는 명확하다. 창원은 내 고향이자, 내 조상들이 16대를 이어 살아온 삶의 터전이기 때문이다. 나는 창원군 상남면 사파정리 216번지에서 태어났다. 지금은 아파트와 상가가 들어선 법원 근처, 그곳이 바로 내가 나고 자란 집터다. 나는 그곳을 지날 때마다 마음속으로 옛 고향의 모습을 더듬곤 한다.

　창원은 국가주도 계획도시다. 호주 캔버라를 본떠 만든 반듯한 도로와 화려한 공단 뒤에는, 하루아침에 삶의 터전을 잃은 원주민들의 눈물이 묻혀 있다. 우리는 스스로를 '삼원인(창원면, 삼남면, 웅남면 원주민)'이라 부른다. 국가 산업 발전을 위해 정든 집과 조상의 묘, 비옥한 문전옥답을 헐값에 내어주고 척박한 이주지로 쫓겨나듯 떠나야 했던 사람들. 당시 보상 기준은 농부들의 상식과는 너무나 달랐다. 비옥한 농토는 싸게 강제 수용당하고, 쓸모없던 산비탈 땅을 가진 이들이 오히려 억대 부자가 되는 역설적인 상황도 벌어졌다. 화려한 계획 도시 창원의 이면에는 우리 부모님 세대의 희생과 애환이 서려 있는 것이다.

내가 결혼 후 첫 집을 굳이 사파정동에 아파트를 마련한 것도, 삼원인 모임에 누구보다 열성인 것도 그 잃어버린 고향에 대한 사무치는 그리움 때문이다. 이 애틋함은 내 정치 인생의 원동력이 되었다.

가난한 소작농의 아들로 태어나 '얼어붙은 도시락'을 먹으며 자랐지만, 나는 환경을 탓하지 않았다. 정직하게 땀 흘려 가난을 극복하신 부모님을 보며 나 또한 치열하게 살았다. 기업을 일구는 CEO가 되었고, 도의원과 국회의원을 거치며 다양한 경험을 쌓았다. 하지만 국회에서 법을 만드는 일만으로는 갈증이 채워지지 않았다. 나는 내 고향 창원에서, 내 눈으로 직접 변화를 확인하고 시민의 삶을 실질적으로 바꾸는 '행정가'가 되고 싶었다. 누군가를 감시하고 비판하는 역할보다는, 직접 현장을 뛰며 창의적인 대안을 실행에 옮기는 것이 내 기질에 맞았다.

리더는 단순히 책상물림 행정가여서는 안 된다. '눈물 젖은 빵'을 먹어본 사람, 바닥부터 올라와 산전수전을 겪어본 사람만이 위기의 순간에 정답을 낼 수 있다. 나는 소작농의 아들이었고, 노동자였으며, 기업가였고, 정치인이었다. 시련은 나를 더욱 단단하게 만들었다.

나는 다시 꿈꾼다. 내 고향 창원의 아들로서, 그리고 준비된 리더로서, 시민들과 함께 창원의 새로운 미래를 경영하는 그날을.

11장

에너지 공기업 한국남동발전 사장 취임, 새로운 에너지의 길을 개척하다

현장에서 답을 찾는
행동의 리더십

창의와 도전의 엔진을 심다: 남동발전 S등급 신화의 비결

2024년 11월 4일에 나는 한국남동발전 제 9대 사장으로 취임하였다. 한국남동발전KOEN, Korea South-East Power Co., Ltd.은 우리나라 주요 발전 공기업 중 하나로 2001년 전력산업 구조 개편에 따라 한국전력공사에서 분리되어 설립된 6개의 발전 자회사(5개의 발전회사 5사와 한수원) 중 하나이다. 본사는 경남 진주시에 있으며, 국가 경제 발전에 필요한 전기를 생산하고 안정적으로 공급하는 역할을 수행하고 있다.

그동안 내가 제21대 국회에서 국가 에너지정책 포럼 구성의원으로 활동하면서, 21대 국회 1호 법안으로 탈원전 피해보상 특별법을 대표 발의했다. 당시 나는 우리나라 에너지 정책 중 하나로 장기적 관점의 에너지전환 정책 로드맵 필요성을 제기하는 등 에너지 산업에 대한 관심과 전문성을 쌓은 것이 사장으로 취임하는 데 영향을 미

한국남동발전 제9대 강기윤 사장 취임식

쳤다. 내가 특히 에너지산업, 전기 원자로 등에 관심을 갖게 된 배경은 우리 지역 경남 창원에 이런 에너지 회사가 많았기 때문이다. 그런데 나라의 정책에 따라 이 기업들이 타격을 입는 것이 안타까웠다. 그래서 전력 산업의 급격한 쏠림현상을 줄이고 국가 행정이 기업들이 따라갈 수 있는 속도 그에 따른 대책 마련 등에 관심을 가지도록 목소리를 높였다.

그런 그동안의 활동 이력이 한국 남동발전 사장으로 발탁되는데 큰 이유가 되었다고 본다.

처음 취임하면서, 가장 먼저 노조와 티타임을 자주 가지며 대화에 나섰다. 취임식에서도 노조에 먼저 발언권을 주기도 하였다.

또 한편으로는 직원들과의 소통에 무척 신경을 썼다.

'문제의 답은 언제나 현장에 있다'라는 말이 있다. 새로운 아이디어나 해결해야 할 문제도 언제나 현장의 사람들과 만나 이야기하다 보면 늘 새로운 관점이 보이고 그것이 뒤섞여 대안이 나오기 마련이다. 내가 그동안 여러 분야의 경험을 하면서 가장 먼저 시도하는 일이 직접 몸으로 부딪쳐보는 것이다. 말하자면 정주영 회장이 강조했던 말, "해봤어?"가 중요하다는 생각을 늘 하고 있었다.

나는 그 방법의 하나로 구내식당에서 직원들과 함께 밥을 먹으며 서로 여러 가지 대화를 나누었다. 낯가림이 심한 나의 원래 성격도 해야만 한다는 당위가 생기면 사람들과도 진솔한 대화를 서슴없이 나누기도 한다. 자연히 우리 회사 직원들의 식단이나 회사 내의 경직된 분위기를 녹이기 위한 다양한 시도에도 관심을 가졌다. 특히 우리 회사와 외주 관계를 맺고 있는 여러 회사의 파견 직원들, 청소 용역, 식당 등 직원들의 복지에도 신경을 썼다. 힘든 일 중 에너지 보충을 위해 음료와 계란과 컵라면을 먹을 수 있도록 설비를 갖추어놓기도 하였다.

초창기뿐만 아니라 지금까지도 점심 식사는 직원들과 함께 구내식당에서 줄 서서 밥을 같이 먹는다는 원칙을 지키고 있다. 밖에서 밥 먹은 적이 몇 번 없을 정도로 적다. 또한 승진하거나 하면 축하의 손글씨를 보내곤 한다. 직원과 가족들의 호응이 무척 좋아 나 또한 기분 좋게 일을 하고 있다.

나는 일 자체가 좋았다. 한동안은 회사에 적응하고 회사 사정을 파악하느라 시간이 어떻게 지나가는지 모를 정도로 바빴지만, 또 그만큼 직원들의 호응이 있어 기쁘게 근무할 수 있었다.

처음 공기업 조직문화를 접하고, 일반 사기업 분위기와 많이 다르다는 생각이 들었다. 당연했다. 공기업은 이익을 추구하는 일반적인 기업보다 안정에 초점이 맞춰지기 때문이다. 그러니 존립의 경쟁이 몹시도 치열한 사기업과는 사뭇 분위기가 다른 것이 당연하다. 사회의 물적 토대, 기반 서비스를 안정적으로 공급하는 공공기관의 성격이라 모험보다는 안정적이고 지속적인 공급이 가장 중요하기 때문이다. 자연 수동적이면서 보수적일 수밖에 없는 일면이 있었다. 영업이나 경쟁이 필요 없는 속성 때문인지 치열한 경쟁을 뚫고 입사한 우수 인재들이 안정에만 치중하여 갇혀있는 듯한 분위기였다. 안정은 기본이고 그 위에서 한발 더 나아가려는 기업의 분위기를 바꾸어야겠다는 생각이 들었다.

사기업은 죽느냐 사느냐, 생존의 위협 속에서 사업을 한다. 하지만 공기업은 경쟁이 없다. 경쟁이 없다는 것은 죽은 것이나 마찬가지다. 살려고 몸부림치는 과정에서 살아남고 또 힘이 생기고 뻗어 나간다. 물론 현실적 제약은 많았다.

그 무엇보다 중요한 것이 "안정"이다. 전기가 제대로 공급되지 못한다면 그것이야말로 우리의 존립 필요성이 없는 것이나 마찬가지기

2025년 제2차 남동 AI 혁신위원회

때문이다. 그 안정을 위한 여러 가지 빡빡한 행정적 법률과 구조적 시스템이 있다. 무엇을 해보려고 해도 그것에 갇혀 아이디어는 실행되지도 못하고 좌절되기도 한다. 그렇게 우리 직원들의 출중한 재능을 썩히고 역량을 발휘하지 못하는 점이 안타까웠다. 미래에 대한 비전이나 목표에 대한 회사의 뚜렷한 설정이 없었고 무엇을 새롭게 시도하고 개선하기 위해 도전하고 모험하는 분위기를 만들 필요가 있었다. 시련과 도전이 있어야 효율과 발전이 나오기 때문이다. 나는 시련과 도전의 힘을 믿는다.

그래서 우리 회사의 조직 문화에 변화를 시도했다. 공기업에 사기업의 패기와 목표, 비전을 접목하였다.

2024년 12월 경영 현안 태스크포스TF를 만들어, '소통과 혁신', '미래 먹거리 확보', '지역 상생'이라는 세 가지의 목표를 설정하였다.

만성적이고 고착화된 회사 내부 문제를 제대로 파악하고, 보다 근원적인 경영 현안을 발굴하여 걸림돌이 되는 것은 제거하고 더 끈끈한 직원 간의 인간관계를 형성하자. 또한 사명감으로 가슴 뛰는 성장엔진을 탑재한 남동발전을 만들어 나가자고 독려하였다. 그래서 '창의와 도전 정신'을 경영방침으로 내세워 능동적인 조직 문화를 만들고, 직원들에게 "공기업도 하면 된다"는 자신감을 불어넣기 위해 여러 가지 일을 하였다

그리고 '글로벌 기업화'라는 목표를 세웠다. 그리고 직원들에게 회사의 미래 비전을 보여주면서 '공기업도 하면 된다'는 자신감을 불어

넣었다.

취임 이후 3천여 명의 직원이 일하는 공기업의 '만성적 문제'를 직시하고 미래 20년을 위한 '가슴 뛰는 성장 엔진'을 탑재하는 데 전력을 다하였다.

그 덕분에 최근 경영평가에서 공기업 분야에서 1등을 하는 등 성과가 가시적으로 나타나 공기업들에 혁신의 표본을 보여주기도 했다.

2025년 준정부기관 331개 국가 공기업을 평가했는데, 우리 남동발전이 S등급을 받아 일등을 차지했다. 거기에 포함되기는 처음이라 우리 임직원들이 굉장히 기뻐했다. 그 덕분에 더욱더 도약하자, 하는 의욕을 보이고 있다.

나는 우리 직원들 마음속에 '해보니까 되더라'는 자신감과 진취적인 분위기가 만들어지고 있는 것에 기쁨을 느끼고 있다. '창의 · 도전정신'으로 일하는 능동적인 조직문화를 만들어 다른 공기업이 하지 못하는 혁신적이고 새로운 일들을 만들어 해내고 싶다.

남동발전이 에너지의 고속도로인 '신작로'와 '신항로'를 열다

경남 창원, 마산, 진해를 품은 산업 단지에는 안정적인 전력 공급이 곧 경쟁력이다. 현재 산업용 전기료는 기업의 생산 원가에 큰 부담으로 작용하고 있다. 이에 남동발전은 지역 기업에 더 저렴한 전기를 공급할 수 있도록 태양광 산업 활성화에 최우선으로 기여하고 있다. 공공기관으로서 경남 지역의 재생에너지 조성, 특히 창원 공단 내 태양광 설치 사업을 적극 추진하는 이유도 여기에 있다. 제품의 원가 구성비 중에서 전기료가 차지하는 부분이 높다. 따라서, 전기료가 낮아진다는 것은 곧 생산 원가 절감으로 이어져 기업의 경쟁력을 높이고, 궁극적으로 고용 창출에 이바지하는 길이다.

지금은 산업용 전기가 중국에 비하면 굉장히 비싼 편에 속한다. 중국은 해상이나 사막 등에 엄청난 태양광 패널을 설치하여 운영하고 있다.

2025년 7월 강기윤 남동발전 사장이 에너지 신작로 비전을 발표하고 있다

현재 남동발전은 삼천포, 여수, 분당, 영흥, 강릉, 영동, 고성 등 전국 주요 지역 발전소에서 총 9GW의 전력을 생산하고 있으며, 제주 탐라 해상풍력, 신안 태양광 등 재생에너지도 공급하고 있다. 연간 매출은 약 8~9조 원, 순이익은 3,600~3,800억 원에 이른다.

그러나 국내 발전 시장은 이미 포화 상태이고, 민간 발전사와의 경쟁 심화, 그리고 정부 정책에 따른 노후 석탄 화력 발전소의 단계적 폐지라는 이중고에 직면해 있다.

위기는 곧 기회라고 생각하고 국내의 폐쇄 발전소를 다시 활용하는 방안과 해외 사업도 활발히 추진 중으로, 네팔, 인도네시아, 파키

스탄 등지에서도 전력을 생산하고 있으며, 시설 설비와 전력생산 사업을 다양화하기 위해 노력하고 있다.

정부는 그동안 전력 공급의 안정성을 위해 발전 분야에 민간기업을 참여시켰다. 그 때문에 지금은 우리가 쓰는 전력의 40% 이상을 민간 발전회사에서 생산하고 있다.

국내 발전시장의 경쟁이 치열해지고, 이로 인한 발전 공기업의 설자리는 차츰 좁아지고 있다. 그런데다, 노후 석탄 화력은 정부 정책에 따라 그동안 경남의 상당 전력을 담당해 온 삼천포 발전소도 2028년까지 단계적으로 폐지될 예정이다. 사정이 이렇다 보니 우리 회사는 미래 먹거리를 위한 고민이 많았다. 국내 석탄 화력을 대체할 수 있는 수소와 신재생 중심의 사업 구조가 필요하다고 생각하고 있다.

특히, 국내에서는 국내 포화를 넘어 글로벌 기업화를 위한 담대한 전략을 수립했다.

이 고민의 결과물이 바로 '남동 에너지 신작로 2040'과 '남동 신항로 2040'이다.

남동 에너지 신작로 2040은 국내에 예전 신작로를 내었듯 구석구석 촘촘히 에너지의 길을 내겠다는 것이다. 서 · 남 · 동해를 잇는 U자형 에너지 전환 정책이다.

국내 발전시장이 포화 상태에 이른 만큼 해외로 나아가 글로벌 기업화를 이뤄야 한다고 생각하고, 전 세계 20여 개국의 글로벌 에너지 공급망을 구축하겠다는 포부를 담아 '남동 에너지 글로벌 신항로뉴-실크로드 2040'을 선언했다.

국내 영업 설비 관리는 신작로이고 세계의 에너지 시장으로 진출하는 것은 신항로라 이름지었다.

즉, '남동 에너지 신작로 2040'은 서·남·동해를 연결하는 U자형 에너지전환 정책이다. 2040년까지 석탄 폐쇄에 따른 새로운 U자형 재생에너지 생산을 확대해 20대에서 40대를 위한 청년 일자리 50만 개를 조성하여, 2040년까지 친환경 설비 2만4,000㎽를 구축하겠다는 의미다.

'남동 에너지 신작로 2040'을 통해 오는 2040년까지 100조 원 규모의 경제 유발효과와 연간 3800억 원의 햇빛·바람 연금으로 주민 소득을 증대시킬 수 있다고 기대하고 있다.

또한 '남동 신항로뉴-실크로드 2040'은 전 세계 20여 개국에 글로벌 에너지 공급망을 구축하겠다는 전략이다.

오는 2040년까지 5GW 규모의 해외 설비를 확보하고, 국내외 일자리 10만 개를 창출하겠다는 계획으로, 남미 칠레에서 아프리카 콩고에 이르기까지 장장 6만㎞에 이르는 에너지 실크로드를 만들자는 것이 '남동 신항로 2040'이 가진 의미다.

대우 김우중 회장이 "세계는 넓고 할 일은 많다"라고 했듯이 우리가 나아갈 길은 넓다. 좁은 국내에 머물지 않고 바다를 건너 신대륙으로 나아가는 개척자의 정신을 되살리는 사업이다.

경남의 경우 석탄을 사용하여 발전하여 온 삼천포 발전소가 오는 2028년까지 단계적으로 폐지될 예정이다.

내가 취임한 후 가장 안타까웠던 점이 바로 이 현안이었다.

폐지 예정 발전소의 일부 용량에 대한 대체 부지가 경기, 충북 등 타지로 결정돼 지역경제에도 타격이 예상된다. 아직 현실화되지 않아 우리 지역의 많은 분들이 심각성을 느끼지 못하고 있다. 그래서 경남의 지역 경제를 살리고, 직원들의 일자리도 지켜야겠다는 생각으로 구상한 전략이 삼천포 부지와 항구를 활용한 3GW 용량의 수소 전소 발전단지와 해상풍력 전진기지 조성이다. 먼저 삼천포를 3GW 규모의 수소 전소발전 메카로 조성할 계획이다. 창원이 본사인 두산에너빌리티와 수소 전소 터빈 개발에 박차를 가하고 있다. 이는 지역경제 활성화와 지역 기업과의 동반성장에 도움이 될 것이다.

또한 삼천포항은 해상풍력 사업의 최적지다.

석탄 운송 선박을 정박하는 삼천포항은 깊은 수심, 잔잔한 해수면 등 해상풍력 기자재 생산과 운반센터로서 적격이라는 평가다. 삼천포항의 장점을 잘 살려 인근 통영과 전남 신안에서 추진 중인 해상풍력 조성 사업에 필요한 기자재 생산과 이를 이송할 수 있는 운반센터로서 역할과 함께 2GW 규모의 해상풍력단지를 조성해 해상풍력 전진기지로 만들 계획이다. 이러한 전략으로 삼천포발전소 폐지를 대비하면, 2037년까지 총 14조3,000억원의 직간접 투자 요인이 발생하게 되고, 삼천포를 비롯한 경남지역에는 23조원가량의 생산유발 효과와 5만4,000여개 일자리를 만들어낼 수 있다.

또 공공기관이 지방으로 이전한 주요 목적은 지역경제 활성화에 있다고 생각하고, 지역 금융권과의 상생을 위해 노력 중이다. 지역은행에 돈이 돌면, 많은 소상공인에게 저리의 자금으로 대출을 할 수 있고, 이는 지역경제를 살리는 마중물이 될 수 있다. 그래서 부임 이후 지역은행에 남동발전의 여러 기금과 자금을 예탁하기 시작했다.

지방 이전 공기업들이 지역은행을 주거래은행으로 선정할 때 경영평가에서 가점을 주는 제도 개선을 정부에 제안 중이며, 자체적으로 지역은행에 가점을 부여하는 방안을 찾고 있다.

또한 경남공동모금회 등 지역의 사회 공헌단체와 협력해 어려움을 겪고 있는 지역의 소상공인, 보훈단체 회원, 사회적 약자분들에게 실질적인 도움을 드리려고 노력 중이다. 파트너로 일하고 있는 중소기업들의 기술과 제품을 해외로 수출할 수 있도록 판로 개척에 앞장서고, 발전소 정비나 공사에 지역 업체들이 많이 참여할 방안들도 고민하고 있다.

도산 안창호 선생이 "길이 없는 곳에 길을 만들고, 무너진 곳에 기둥을 세운다"라는 심정으로 남동발전은 국내와 국외를 넘나들며 새로이 에너지의 길을 열고 있다.

공기업 경영 평가 1등, 청렴도 1등,
2025 ESG 자원순환어워즈 환경부 장관상 수상

남동발전에서 일하며 나는 하루하루가 행복했다.

리더인 내가 노력하고 일한 만큼 직원들이 열심히 호응해 주어 성과로 나타나기 때문이었다.

남동발전은 전 국민이 사용하는 전력의 약 10%를 생산하고 있다. 그에 따른 자긍심도 대단하며 의욕도 많이 고취되어 있다. 3,000여 명의 직원과 15,000여 명의 협력사가 글로벌 No.1 기업을 목표로 노력한 덕분에 최근 공기업 경영평가에서 A등급을 받으며 임직원 모두가 큰 자부심을 느꼈다.

남동발전의 성과를 보며 나는 리더의 역할에 대해 많은 생각을 했다.

리더는 어떤 사안을 종합적으로 판단하여 어떻게 결정하고 나아갈지 결정하는 역할을 한다. 특히 사업적 영역은 단순한 행정가적 태도로 잘할 수 있는 것이 아니었다.

시대의 변화를 읽고 기민하게 대응하면서도 종합적인 사고 능력이 필요하다. 이런 면에서 나는 다양한 현장 경험이 많은 도움이 되었다고 생각한다.

기업의 사장, 도의원, 국회의원 등 다양한 경험은 우리 사회를 다각적인 측면에서 바라볼 수 있었다.

앞으로 도래할 인공지능의 시대는 특히 경험이 매우 중요한 시대이다. 그런 의미에서 젊은 세대에게는 앞으로의 사회환경이 극히 불투명한 면이 있다고 본다. 자칫, 그들에게서 다양한 경험의 기회가 많은 부분 사라질 수도 있다는 생각도 든다. 한국이라는 국가가 어느 정도 안정화되다 보니 경험은 한정적이다. 이를 어느 정도 보충할 수 있는 부분이 해외로 눈을 돌리는 것이다. 세상의 다양성을 경험할 수 있다.

남동발전이 단순히 국내 전력 수요에 머물지 않고 해외로 진출하여 글로벌 기업화해야 한다는 필요성을 느꼈다. '전기 팔러 가자'는 슬로건 아래, 새로운 항로(뉴 실크로드)를 개척하자는 비전을 제시했다. 칠레 산티아고에서 아프리카 콩고를 잇는 6만 km의 신항로를 개척하여 우리나라 에너지산업의 지평을 여는 선례가 될 것이라 기대하고 있다.

나는 오래전부터 봉사하는 것을 좋아했다.

강기윤 사장이 구내식당에서 직원들과 함께 점심 간담회를 갖고 있다

지금은 우리 회사의 해외 진출에 따라 봉사활동도 하고 있다.

세계화가 반드시 경제적 영토 확장이라는 관점만으로 접근하는 것이 아니라 같이 성장하는 상생의 차원에서 봉사활동을 많이 하고 있다.

아프리카 에티오피아나 케냐 등지에서 어린아이들이 어려운 환경 속에서 생계를 꾸려가는 것을 보며 많은 것을 느꼈다.

현재 네팔에서 수력 발전(214 MW) 사업을 진행하여, 완공을 앞두고 있다. 2025년 11월경, 약 100명을 수용할 수 있는 학교를 지어주기 위해 3억 원 상당의 기금을 마련했다.

네팔의 외진 산지나 오지에 사는 학생들은 학교를 가기 위해 산 넘고 물 건너 걸어가야한다. 학교에 가서 한두 시간 공부하고 다시 집으로 돌아가는 아이들이 많다. 우리 남동발전이 이 아이들에게 학교를 지어주기로 하였다.

그곳의 아이들이 어려운 환경에서도 공부할 수 있도록 학교를 지어주고, 병원을 지어주고 상수도 시설을 만들어 주는 등의 선행은 오래도록 그곳 사람들에게 신뢰와 믿음이 가는 좋은 기업으로 기억될 수 있기 때문이다. 우리도 단순히 돈이나 물건으로 간접 지원하기보다는 생활밀착형의 직접 지원이 좋다고 생각한다. 우리에게도 보람과 인간 삶에 대한 다양한 경험을 듣고 보는 기회가 되기 때문이다. 이런 봉사활동을 통해 그들이 우리 회사를 신뢰할 수 있는 좋은 기업으로 기억하기를 바란다. 정서적인 부분을 담아내는 사회공헌 활동의 중요성을 강조했다.

이러한 봉사 활동을 통해 아프리카 등 해외 사업 진출 지역에 남동발전을 각인시키고 상호 신뢰와 믿음을 구축하고 있다.

이는 한국이 과거에 많은 도움을 받던 나라였듯이, 지금은 가난하고 어려운 환경의 사람들을 도움으로써 국가 이미지와 남동발전의 이미지를 높일 수 있다고 보았다. 해외 진출 시 해당 국가 정부로부터 신뢰를 얻을 수 있는 선행적 역할을 해야 한다고 판단했다.

이러한 변화와 노력에 따라 남동발전은 크게 변화했다. 그 결과, 331개 정부 공공기관 중에서 1등을 차지하며 S등급을 받았다.

경영평가 1등에 이어서 청렴도 평가에서도 1등을 했고 2025 ESG 자원순환어워즈에서도 환경부 장관상을 수상했다.

1년만에 이룬 놀라운 성적은 3,000여 임직원들의 한결같은 노력이 만들어낸 결과라고 생각한다.

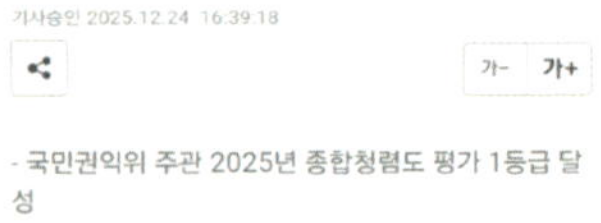

- 국민권익위 주관 2025년 종합청렴도 평가 1등급 달성

강기윤 한국남동발전 사장이 'CEO 주재 청렴윤리 혁신회의'를 주재하고 있다.

국민권익위 주관 2025년 종합청렴도 평가 1등급 달성

2025 ESG 자원순환어워즈 환경부 장관상 수상

2025년 6월 4일 창원 두산에너빌리티 본사에서 열린 '국내 기술 기반 차세대 친환경 수소전소 터빈 활성화를 위한 업무협약(MOU)' 체결식에서 강기윤(왼쪽) 남동발전 사장과 정연인 두산에너빌리티 부회장이 기념사진을 찍고 있다 /두산에너빌리티/

신뢰의 온도, 91.54% 남동발전 임단협 역대 최고의 지지율로 타결

노사 교섭은 늘 긴장으로 시작한다. 숫자와 제도, 이해와 불신이 교차하는 자리. 임금피크제 적용 직원이 늘어나면서 재원은 부족했고, 협상은 난항이 예상됐다. 그러나 한국남동발전은 올해 다른 길을 택했다. 그 길은 대화였다.

지난 12월 16일, 조합원 총투표 결과는 놀라웠다. 찬성률 91.54%. 첫 부임 하고 노사 협상 결과 최고치로 지난해 기록했던 82.2%를 이번에 일 년 만에 최고치를 경신했다. 참여율도 92.92%. 거의 모든 조합원이 투표에 나섰고, 그들의 선택은 압도적인 찬성이었다. 조합원들의 찬성 온도는 용광로처럼 뜨거웠다. 노사간에 허물없이 지내며 온 신뢰가 결과로 나타났다.

나는 교섭을 기술적 계산으로만 보지 않았다. 나는 "구성원 모두의 지속 가능한 미래"라는 원칙을 반복했다. 그 말은 단순한 수사가 아니라, 협상의 바탕이 되었다. 임금피크제 직원에게 전출 기회를 넓히고, 재취업 지원 프로그램을 강화했다. 회사는 재원을 찾지 못해도 길을 찾았다. 노조는 응답했고, 합의는 도출됐다.

노사 교섭은 결국 인간의 문제다. 임금과 제도 뒤에는 사람의 삶이 있다. 갈등을 피하지 않고, 대화를 멈추지 않는 것. 그것이 이번 합의가 보여준 미래 지향적 모델이다.

찬성률 91.54%. 이 숫자는 단순히 높은 비율이 아니다. 그것은 노사 모두가 같은 방향을 바라본다는 증거다. 서로 다른 이해관계를 가진 집단이, 한순간 같은 문장을 공유했다는 사실. "우리는 함께 미래를 설계한다."

이 합의는 한국남동발전이라는 한 기업의 사건을 넘어선다. 그것은 노사 관계의 새로운 가능성을 보여준다. 대립과 갈등이 아니라, 신뢰와 소통을 기반으로 한 협력. 불확실한 시대에 필요한 것은 바로 이런 모델이다.

앞으로도 교섭은 계속될 것이다. 새로운 갈등과 새로운 요구가 등장할 것이다. 그러나 이번 합의는 분명히 말한다. 신뢰는 가능하다. 대화는 길을 만든다.

노사 협력은 거창한 구호가 아니다. 그것은 매일의 대화, 작은 약속, 그리고 지켜진 원칙에서 시작된다. 한국남동발전의 이번 합의는 그 사실을 증명했다.

2025년 제1차 임금교섭 및 단체협약 본희의

노사협의회에서 노조위원장과 함께

그동안 대화로서 현장의 리더십으로 한국남동발전을 잘 이끌어 왔
듯이, 창원시정도 그간의 경험을 바탕으로 탁월하게 이끌어 갈 자신
감이 내겐 있다.

CEO

강기윤, 창원을 경영하라

2부

나의 땅 이야기

기업가 · 정치가 · 행정학 박사
3개의 심장이 뛴다

효도,
내 성공의 의미

현장에서 답을 찾는
행동의 리더십

나의 땅
이야기

나에게 땅 이야기는 곧 부모님과 가족의 역사 그 자체다. 소작농의 아들로 자라면서 나는 부모님께 가장 먼저 해드리고 싶은 것이 바로 '우리 땅'을 사드리는 일이었다. 가난과 설움을 끊어내고 부모님의 굽은 등을 펴드리는 것, 나는 그것이 자식 된 도리이자 최고의 효라고 믿었다.

동네에서 아버지의 별명은 '마산특별시장'이었다. 예로부터 허튼 짓 안 하고 바르게 사는 이를 일러 '법 없어도 살 사람'이라 했는데, 아버지가 딱 그런 분이셨다. 마을을 다니시며 궂은일, 좋은 일 가리지 않고 챙기셨고, 옳고 그름을 분명히 하여 바른 소리를 잘하셨기에 이웃들이 붙여준 명예로운 별명이었다. 아버지는 술과 노래를 즐기실 줄 아는, 사람 좋고 낙천적인 분이셨다.

반면 어머니는 평생 일만 하셨다. 없는 살림에 7남매를 먹이고 입히느라 어머니의 손은 쉴 틈이 없었다. 논에서 미꾸라지를 잡아 추어탕을 끓이고, 밭일하러 다니며 도시락 네 개에 아버지 몫까지 챙기셨다. 어느 날 부엌에서 "언제까지 이렇게 밥 먹이는 일이 끝이 날라나… 산 입이 무섭다더니 끝이 없다"라며 혼자 푸념하시던 어머니의 지친 뒷모습이 아직도 눈에 선하다.

청빈하고 선량하게 사신 두 분이었지만, 어린 내 눈에 비친 세상은 달랐다. 가난하다는 이유로 사람들이 부모님을 함부로 대하고, 부모님은 그저 참고 양보만 하시는 것 같아 속이 상했다. 특히 어머니가 아침마다 일감을 맡으러 오는 사람들에게 거절 못 하고 이 집 저 집 불려 다니며 일하시는 게 너무 싫었다. '우리 어머니는 왜 남의 일만 해줘야 할까? 언제까지 이렇게 고생만 하셔야 할까?' 가슴 한구석에 안타까움이 쌓여갔다. 땅이 없어 소작을 지어야 했고, 그마저도 땅주인이 바뀌면 하루아침에 일거리를 잃어야 했던 설움. 나는 그때 뼈저리게 결심했다. '반드시 성공해서 집안을 일으키겠다. 돈 많이 벌어 어머니 아버지께 보란 듯이 땅을 사드려야지.' 중학교 1학년 때 가슴에 새긴 이 다짐이 나를 지탱해 준 힘이었다. 나는 곁눈질하지 않고 앞만 보고 달렸고, 그 덕분에 지금의 내가 있을 수 있었다. 그래서 나는 가장 존경하는 사람이 누구냐고 물으면 주저 없이 '나의 부모님'이라고 말한다. 가난했지만 정직했고, 고난 속에서도 지혜로웠던 두 분의 삶이 나를 단단하게 만들었기 때문이다.

회사를 그만두고 사업에 뛰어든 것도 하루빨리 돈을 벌어 땅을 사드리고 싶어서였다. 다시는 부모님이 세상의 부당함 앞에 고개 숙이지 않게 해드리고 싶었다. 그것은 내 효심의 증표였다. 마침내 기회가 왔다. 사업이 자리를 잡아가던 무렵, 우리 동네 사파동과 대방동 사이 언덕배기에 있는 과수원이 경매로 나왔다는 소식을 들었다. 재종 형님이 찾아와 "강 사장, 동네 자존심도 있는데 네가 그 땅 한번 사보는 게 어떻겠나?"라며 권유했다. 알아보니 김정대 씨 소유였던 복숭아밭인데, 3차 경매까지 떨어진 상태였다.

나는 아버지께 미리 말씀드리지 않고 덜컥 낙찰을 받았다. 깜짝 선물로 드리고 싶었는데, 발 없는 말이 천 리를 간다고 아버지가 먼저 아셨다. 노인정에서 동네 분들이 "강봉화 씨, 둘째 아들이 그 과수원 샀다면서요? 한턱내야지!" 하고 축하 인사를 건넨 것이다. 아버지는 믿기지 않는다는 듯 득달같이 달려와 물으셨다. "아들아, 그게 정말이가? 진짜 그 땅 산 거 맞나?" "예, 아버지. 정말 샀습니다. 이제 우리 땅이니까 내일부터 가서 마음껏 농사지으세요." 그때 아버지가 보여주신, 마치 평생의 한을 푼 듯한 그 환한 미소를 나는 평생 잊을 수가 없다. 아버지는 너무 기분이 좋으셔서 그날 노인정 사람들에게 숭어회를 한턱내셨다고 했다.

하지만 안타깝게도 어머니와는 그 기쁨을 온전히 나누지 못했다. 내가 제대하고 돌아왔을 때 이미 치매가 시작되셨던 어머니는, 내가 땅을 샀다고 말씀드려도 무슨 말인지 이해하지 못하셨다. 평생 고생만 하시다 아들이 성공해서 효도하려니 기억을 잃어버리신 어머니. 당신 덕분에 이만큼 컸는데, 정작 당신은 알아보지 못하시니 가슴이 미어지는 듯했다.

더욱 비극적인 일은 아버지에게 일어났다. 아버지는 그토록 원하던 '내 땅'이 생기자 너무나 의욕적으로 일하셨다. 1999년경, 과수원에서 경운기에 거름을 싣고 가시다가 경사진 밭에서 넘어지는 사고를 당하셨다. 아버지는 자식들에게 걱정 끼치기 싫어 혼자 끙끙 앓으며 침을 맞으러 다니셨는데, 차도가 없자 뒤늦게 병원을 찾았다. 척추 뒤쪽에 혹 같은 것이 발견되었고, 의사는 수술을 권했다. 간단한 수술이라던 의사의 말과 달리, 수술은 5시간이나 이어졌다. 초조하게 기다리다 회복실에서 만난 아버지는 나를 알아보지 못했다. "네가 여기 웬일이고? 너는 왜 창문으로 들어오냐?" 불과 몇 시간 전까지 멀쩡하게 대화했던 아버지가 딴사람이 되어 횡설수설하시는 모습을 보며 나는 억장이 무너졌다. 알고 보니 암인 줄 알았던 혹은 단순한 고름이었고, 무리한 수술과 마취 과정에서 문제가 생겨 치매 증세가 온 것이었다. 명백한 의료사고가 의심되었지만, 의사도 뚜렷한 답을 주지 못했다. 나는 지푸라기라도 잡는 심정으로 약을 구하고, 미국 병원이라도 가겠다고 매달렸지만 소용없었다.

　결국 아버지를 집으로 모셨다. 회사 일로 바쁜 와중에도 틈만 나면 집에 들러 아버지를 운동시키고 살폈다. 아내는 치매인 시어머니와 의료사고로 반 치매가 된 시아버지를 동시에 수발하느라 말로 다할 수 없는 고생을 했다. 그렇게 1년 남짓, 아버지는 당신의 꿈이 서린 그 땅에서 제대로 수확의 기쁨도 누려보지 못하고 2000년, 76세의 나이로 세상을 떠나셨다. 기골이 장대하고 건강하셨던 분이 그 땅 때문에 사고를 당하고 허망하게 가셨으니, 내게 그 과수원은 단순한 재산이 아니라 피눈물 나는 아픔의 땅이다. 어머니 또한 긴 투병 끝에 도의원 재선 전인 2006년, 좋은 세상 한번 제대로 보지 못하고 눈을 감으셨다.

　두 분의 삶은 평생 흙과 땀으로 점철되었고, 아버지의 마지막 사고마저 그 흙 위에서 일어났다. 그러니 내게 땅이란, 고향 창원의 흙이란 남다른 의미일 수밖에 없다. 그곳엔 부모님의 한과 사랑, 그리고 나의 눈물이 깊이 배어 있기 때문이다.

흙은 거짓말을 하지 않는다 :
가슴 아픈 사파정동 과수원 논란에 대하여

그곳은 투기처가 아니다. 한 가족의 생애가 뿌리내린 터전이다. 나는 아직도 '창원시 성산구 사파정동 산 152번지' 토지를 매입하던 날을 지금도 생생하게 기억한다. "지역 사람이 땅을 지켜야 한다"는 이웃의 권유로 매입한 과수원이었다. 한평생 소작농으로 살며 땅 한 평 갖지 못했던 부모님의 한을 풀어드린 땅이었다.

단감나무 사이로 아버지와 거름을 나르던 시절은 내 생애에서 가장 평온한 기억이다. 그러나 그 행복은 1998년 경운기 전복 사고로 깨졌고, 아버지는 후유증을 앓다 2000년에 세상을 떠나셨다. 내게 그 땅은 단순한 부동산이 아니다. 아버지의 마지막 숨결이 닿은 곳이며, 아픈 그리움이 뿌리 내린 삶의 파편이다.

강기윤 의원 '토지보상금 과다 수령' 무혐의 결론

입력 2024.01.19 (22:13) 수정 2024.01.19 (22:21)

강기윤 의원 '토지보상금 과다 수령' 무혐의 결론_2024.01.19

공익이라는 명분 앞에 가장 소중한 기억을 내어놓았다. 가음정 근린공원 조성 사업이 시작되었을 때, 나는 태어나 자란 고향 땅을 팔 생각이 없었다. 그러나 국회의원이라는 신분은 나를 주저하게 했다. 땅을 지키려는 의지가 자칫 공익을 방해하는 행위로 비쳐 시민들께 누를 끼칠까 두려웠다. 결국 정든 나무와 흙을 시에 내어주며 수용 절차를 묵묵히 받아들였다.

하지만 돌아온 것은 이해가 아닌 차가운 의혹과 '부동산 투기꾼'이라는 낙인이었다. 소작농이었던 부모님의 한을 풀어드리고자 23년간 직접 일군 과수원이었다. 이러한 삶의 궤적을 투기로 몰아붙이는 것은 가혹한 왜곡이다. 보상은 소유주가 요구하는 대로 받는 것이 아니라 시가 정한 기준에 따라 집행되는 행정의 영역이다. 당시 더불어민주당 소속 시장의 시정 하에서 국민의힘 소속 국회의원인 내게 어떤 공무원이 과다 보상의 특혜를 줄 수 있었겠는가. 지장물 조사 과정의 행정 착오로 지급된 보상금은 사실을 인지한 즉시 전액 반납했다. 내 몫이 아닌 것을 탐내지 않는 것이 내가 배운 도리였기 때문이다.

일부 세력은 이를 권력형 비리로 악의적으로 몰아갔다. 무분별한 고소와 고발로 나와 가족의 명예는 처참히 짓밟혔다. 1년 넘게 이어진 고통스러운 수사 끝에, 2024년 1월 17일 창원지방검찰청은 내게 '혐의 없음' 처분을 내렸다. 길고 어두웠던 터널을 지나 비로소 진실의 빛을 마주하게 된 것이다.

억울함은 여전히 가시지 않는다. 효심으로 일군 땅이 오해로 얼룩지는 과정을 지켜보는 것은 뼈아픈 일이었다. 이유 여하를 막론하고, 정치인으로서 시민들께 심려를 끼쳐드린 점에 대해서는 송구하게 생각한다.

이제는 멈추어야 한다. 무혐의 종결 이후에도 계속되는 정치적 공세에는 단호히 대응할 것이다. 그 땅은 내게 단순한 흙더미가 아니라 부모님의 고단한 삶이자 내 삶의 뿌리였다. 이번 시련을 통해 공정의

가치를 다시금 되새겼다. 비 온 뒤에 땅은 더 굳어진다. 끝까지 믿어
주신 모든 분께 머리 숙여 깊은 감사를 드린다.

< 무혐의 불기소 통지문 – 창원지방검찰청 >

발행번호　2-330-2024-8895

창원지방검찰청

(전화번호　1301　)

분류기호 및
문서번호

2024. 1. 18.

수　신　법무법인 모든　　　　　발신 창 원 지 방 검 찰

제　목　**불기소이유통지**

귀하가 청구한 불기소이유를 아래와 같이 통지합니다.

① 사 건 번 호		창원지방검찰청 2022형제22896호
② 고 소 (발) 인 성 명		안진걸 외 1명
피의자 [피고소(발)인]	③ 성　　　명	강기윤
	④주민등록번호	600604-1******
⑤ 죄　　　　　명		다.공익사업을위한토지등의취득및보상에관한법률위반
⑥ 처 분 검 사		신은정
⑦ 처 분 년 월 일		2024. 1. 17.
⑧ 처 분 요 지		다-혐의없음(증거불충분)
⑨ 불 기 소 이 유		별지 참조
⑩ 비　　　　　고		

CEO

강기윤, 창원을 경영하라

3부

강기윤의 생각

미래를 그리다,
창원을 위한 청사진

기업가 · 정치가 · 행정학 박사

3개의 심장이 뛴다

왜 강기윤인가?
경제, 정치, 행정을
아우르는 리더십

현장에서 답을 찾는
행동의 리더십

기업인, 정치인, 행정가, 그리고 공기업 CEO: 3개의 심장을 가진 준비된 일꾼

창원 시장이라는 오랜 꿈을 실현할 희망이 눈앞에 다가오자, 가슴이 벅차오르고 새로운 기운이 용솟음친다. 2004년 창원시장 보궐선거 때부터 뜻을 품었으니, 이 꿈을 꾼 지 어느덧 20여 년이 되었다. 아직 이루지 못한 이 꿈에 다시 도전할 기회가 다가오기에, 나는 설렘을 느낀다.

나는 창원 공단 LG에서 근무하며 사회생활을 시작했다. 늦도록 일하고 동료들과 소주잔을 기울이던 시절, 함께 나누던 돼지국밥과 국수는 지금도 즐겨 먹는 음식이다. 내 입맛은 여전히 창원의 보통 근로자, 서민들과 같음을 확인하며 그들과 깊이 연결되어 있음을 느낀다.

시간이 날 때마다 나는 내 삶의 터전이었던 창원의 뒷산들을 오른다. 마산 무학산, 옛 창원과 마산의 경계였던 천주산, 창원의 정병산과 비음산, 장복산, 그리고 진해 경계의 불모산이 창원시를 병풍처럼 둘러싸고 있다. 이 산들은 통합 창원시의 지형적 경계를 이루지만, 나는 그 정상에 섰을 때 비로소 더 넓은 시야를 얻는다. 하늘 아래 모든 것이 하나로 묶여 눈에 들어올 때, 내 마음은 저절로 넓어진다. 이쪽과 저쪽이 각각의 특성을 가졌지만, 결국은 하나로 묶일 수 있다는 통찰을 얻는다.

가난한 소작농의 아들로 태어나 소를 먹이고 농사일을 거들며 일찍이 가족의 운명과 집안을 일구는 책임을 생각했다. 그 경험 덕분에 나는 직장 생활에 안주하지 않고 사업에 도전했다. 사업을 하면서 자연스럽게 우리 주변의 어둡고 구석진 곳을 돌아보게 되었고, 봉사에 눈을 뜨게 되었다.

일찍 철이 들었기에, 사회의 부조리와 부당함에 남보다 먼저 나서서 바로 세우려 했고, 특히 눈부신 경제 성장 속에서 농토를 잃고 쫓겨 다니던 창원 원주민들의 서러움을 외면하지 못했다. 그것이 나를 결국 정치의 길로 이끌었다. 정계에 나아가 도정과 국회의 일을 수행하면서도, 나는 우리 사회 구석구석 행정이 펼쳐지는 모습을 비판하고 돕는 역할을 했다. 사회봉사 활동을 통해 '봉사의 꽃은 정치'라는 깨달음을 얻었고, 약한 자들을 대변하고자 했다. 그러나 국회 활동을 통해 정치는 혼자 바꿀 수 없다는 한계를 경험했다. 이제는 강력한 리더십으로 시민들과 함께 호흡하며 힘을 모아 실질적인 변화를 만들어내는 일을 하고 싶다.

주어진 대로 열심히 살다 보니, 나는 사업가CEO, 도의원, 국회의원, 그리고 공기업 CEO에 이르기까지 정치 경제 행정 세 가지 영역의 경험을 갖춘 사람이 되었다. 이러한 다양한 이력을 통해 어떤 사안이 닥쳤을 때, 나는 높은 산에 섰을 때처럼 그 사안을 종합적으로 판단하고 짧은 순간에 결정할 수 있는 정치적 지혜와 행정적 능력을 갖추었다고 자부한다.

나는 국회의원보다는 창의적으로 시정을 이끌고 시민들을 도울 수 있는 '리더'에 가까운 시장이 되고 싶었다. 시장은 오너와 같은 판단력과 결단력을 통해 실질적인 변화를 만들어낼 수 있는 자리라고 생각한다.

그동안 나는 진실하고 바른 소리를 하며 부당한 일을 당한 사람들의 목소리를 대변하는 정치를 지향해왔다. 내면의 바탕에는 '낯 뜨거운 일'을 잘못하는 내성적인 성격 탓에 기존의 정치판과 맞지 않다고 느낄 때도 있지만, 진정성 있는 봉사를 통해 고향 창원을 위해 열심히 일하고 싶었다.

나에게 창원 시장직을 맡겨준다면, 나는 누구보다 잘할 자신이 있다. 나는 현실적으로 경쟁에서 져 본 적이 별로 없었다. 축구나 족구를 할 때도 마찬가지이다. 어떤 일에 부딪히든, 가서 딱 보고 "아, 이렇게 하면 되는구나!" 하고 깨닫는 습득 능력이 뛰어나다.

나는 사실 기업의 수장 역할을 하다 보니 다른 사람보다 분석하고 판단하는 능력이 좀 더 빠르고 폭넓다고 생각한다. 리더는 단순한 개인의 능력이 아니라, 종합적인 여러 가지를 고려하여 어떻게 판단하느냐가 굉장히 중요하다. 그리고 그것을 뚝심 있게 진행해 가는 힘과 의지도 필요하다고 생각한다.

인생길에서 수많은 길이 있을 때, 그것들을 조합하여 자신의 상황에 맞게 현명하게 선택하는 것이 중요한데, 나는 그런 판단력이 탁월하다고 느낀다. 운도 좋았다고 생각한다. 이런 나의 특성은 내 인 생의 다양한 경험 속에서 얻은 것이다.

어린 시절부터 지금까지 고난 속의 경험을 통해 내가 마음먹고 하면 안 된 것이 거의 없다. 물론 그 마음을 먹을 때는 그만한 노력이 반드시 수반된다. 몇 년동안 거의 밤을 새워가며 낮에는 제품을 만들고 밤에는 영업하러 다녔듯 열심히 최선을 다해 노력해야 한다는 사실도 알고 있다.

창원이 현재 안고 있는 몇 가지 문제들을 내가 반드시 해결할 능력을 가지고 있다고 생각한다. 오만한 말일지는 모르지만, 행정을 해본 내가 보기에는 어떤 일이 무리한 것인지, 어떤 일이 실행 가능한 것인지 보이는 것이 있기 때문이다. 내가 믿는 것은 내가 경험한 것들을 바탕에 깔고 있기 때문이다. 마음먹고 열심히 하면 반드시 된다는 경험은 내게 용기를 준다. 그 동안 기업인, 정치인, 행정가, 그리고 공기업 CEO로서 일을 해온 나는 정치 경제 행정의 세 개의 심장을 가진, 창원을 위해 준비된 일꾼이라고 스스로 자부한다.

통합 창원의 반석을 다지다: 도약을 위한 정치적 리더십

지난 2024년 제22대 국회의원 선거에서 나는 창원의 구체적인 도약 비전을 제시했다.

용적률 상향과 용도 변경을 통해 재건축과 재개발을 적극 지원하여 도시의 노후도를 개선하고 젊은 세대를 유치하고자 했다. 또한, 개발제한구역그린벨트을 해제하여 시민들이 건강한 삶을 누릴 수 있도록 체육시설을 대폭 확대하겠다는 공약은, 단절된 도시 공간을 시민의 행복 공간으로 되돌리겠다는 나의 의지였다.

지금의 창원시는 무엇보다 비정상적인 모습의 도시 형태를 정상화하는 것이 급선무다. 인적인 문제뿐만 아니라 온갖 비정상적인 요소들이 복합적으로 얽혀 비틀어진 창원시를, 일단 반석 위에 제대로 돌려놓는 것이 일차적이고 가장 중요한 목표이다.

현재 창원의 지반은 너무 약하다. 이 상태에서 화려한 건축물을 짓는 것은 모래 위의 사상누각이 될 수밖에 없다. 지금은 새로운 집을 짓는 것보다 지반을 다지고 기반을 돈독히 하는 것이 중요하다. 나는 비틀어진 시정을 바로잡고, 시스템을 정상화하며, 행정의 투명성과 효율성을 회복하여 단단한 기반을 구축할 자신이 있다. 오랫동안 품어온 시정에 대한 식견과, 공기업 1등을 만들어낸 행정적 경험이 이를 가능하게 할 것이다.

창업이라는 불모지에서 무에서 유를 창조했던 지난날의 어려움은 지금 창원의 새로운 미래를 여는 소중한 경험이 되었다. 앞으로 창원에 다양한 기업들을 유치하려면, 내가 지녔던 창업가 정신이 필요하다. 새로운 도전을 하는 사람들의 요구를 시정에 담아낼 수 있다는 기대감이 크다. 또한, LG에서 10년간 근무했던 경험은 근로자들의 심정을 깊이 이해하는 토대가 된다. 내가 창업을 통해 무에서 유를 창조했던 경험, 도의회와 국회에서의 의정 경험, 그리고 국가 공공기관 331개 중 1위를 달성했던 공기업 CEO 경험까지, 이 모든 경험을 나고 자란 내 고향 주민들과 함께 나누고자 한다.

나의 목표는 명확하다. '1등 창원시'를 만드는 것이다. 일자리가 넘쳐나는 창원, 그리고 오늘보다 내일의 희망이 있는 창원을 만들어서, 우리 고향 시민들이 정말 신바람 나게 살 수 있게 하는 것이 나의 꿈이다.

특히 창원시의 도시 발전은 '연담형 특성화'를 통한 통합의 완성으로 나아가야 한다고 본다.

통합 창원시는 창원(공업), 진해(군항), 마산(상업/소비/문화)이 합쳐진 형태이다. 각각은 자치적인 기능을 가지고 있었으나 갑작스러운 통합으로 인해 그 특성이 충돌하거나 부족한 부분이 발생했다.

창원: 산업 도시로 성장했기에 상대적으로 문화적인 부분이 부족하다는 지적을 받는다.

마산: 문화, 소비, 상업이 발달했지만, 일자리를 제공하는 공업 기반이 부족하다.

진해: 군항 도시의 특성상 군인들의 잦은 이주로 정주 개념이 약하고, 일자리와 상업 기반이 상대적으로 취약하다.

나는 이 세 지역의 부족한 부분을 서로 메워주면서 '연담형 도시 형태'로 발전시켜야 한다고 본다. 지방이 살아야 나라가 살 듯이, 마산이 살아야 하고, 진해가 살아야 하며, 창원이 살아야 비로소 하나 된 통합 창원이 살 수 있다.

이를 위해,

<u>진해는 진해답게</u>: 군항 도시의 역사적 가치를 보존하고, 신항을 중심으로 물류 및 해양 관광을 활성화하여 정주 여건을 개선한다.

<u>마산은 마산답게</u>: 원도심의 문화, 예술, 상업적 특성을 극대화하여 문화 소비 거점을 만들고, 동시에 고부가가치 산업 및 일자리를 유치

창원대학교

경남대학교

하여 공업 기반의 부족함을 해소한다.

　　<u>창원은 창원답게</u>: 기존의 탄탄한 공업 기반에 미래 첨단 R&D 기능과 문화 예술 인프라를 접목하여 단일 산업 도시의 한계를 극복하고, 명실상부한 통합 창원의 중심축 역할을 수행하게 한다.

　　각 구역을 셀 단위로 특성화하고, 그 특성이 서로 유기적으로 교류하며 시너지를 낼 수 있도록 교통, 관광, 복지 등의 기반 시설을 복합적으로 조성해야 한다. 문화가 부족한 곳은 문화를 메우고, 일자리가 부족한 곳은 일자리를 채우며, 정주 여건이 부족한 곳은 이를 개선하여 세 지역 모두가 살기 좋은 곳이 되게 하는 것이 나의 복합적인 비전이다.

강기윤의 생각

Thinking_01

주식회사 창원특례시, 미래를 경영하는 CEO가 필요하다

우리는 지금 물리적 공간과 디지털 세계, 생물학적 영역의 경계가 무너지는 4차 산업혁명이라는 거대한 문명사적 전환점에 서 있다. 인공지능(AI), 빅데이터, 로봇공학 같은 화려한 기술의 이름들이 세상을 뒤덮고 있지만, 내가 바라보는 변화의 본질은 명확하다. 기술은 수단일 뿐, 그 지향점은 결국 '사람의 삶'이어야 한다는 사실이다.

시대가 변하면 리더의 역할도 바뀌어야 한다. 이제 지방자치단체장은 단순히 주어진 예산을 집행하는 관리자에 머물러서는 안 된다. 도시의 미래 가치를 설계하는 전략가, 복잡한 이해관계를 조율하는 조정자, 그리고 무엇보다 도시를 경영하는 'CEO'가 되어야 한다. 모든 기술의 원리를 다 알 필요는 없다. 하지만 새로운 기술이 행정 시스템을 어떻게 혁신하고 시민의 일상을 어떻게 바꾸는지 정확히 읽어내는 안목, 그것이 이 시대가 요구하는 리더의 자격이다.

가장 치열한 고민은 역시 일자리다. AI 혁명은 새로운 기회를 만들기도 하지만, 그보다 훨씬 빠른 속도로 누군가의 삶의 터전을 지워나간다. 나는 지자체장이 사라질 직업과 탄생할 기회를 정교

하게 예측하는 파수꾼이 되어야 한다고 믿는다. 시민들이 변화의 파도에 휩쓸리지 않도록 재교육과 전환 교육의 안전망을 단단히 구축해야 한다. 또한, 공직 사회가 실패를 두려워하지 않고 혁신에 도전할 수 있도록 조직의 체질을 바꾸는 일, 그것이야말로 내가 실천하고자 하는 가장 고도화된 리더십의 실체다.

미래의 도시는 그 자체로 거대한 '플랫폼'이어야 한다. 기업과 대학, 연구소와 시민이 연결되어 시너지를 내는 무대, 공공과 민간의 경계를 허물고 투자와 규제를 유연하게 설계하는 현장이 되어야 한다.

리더는 불확실한 미래 속에서 시민을 보호하는 방패인 동시에, 새로운 기회를 선점하는 노련한 조정자가 되어야 한다.

나는 확신한다. 도시를 살리는 첫 번째 임무는 단연 '기업 유치'다. 기업이 들어와야 좋은 일자리가 생기고, 그래야 우리의 소중한 청년들이 고향을 떠나지 않는다. 고용의 활력은 주거와 소비로 이어져 지역 경제의 실핏줄을 살리고, 늘어난 세수는 다시 도시의 복지와 성장을 위한 동력이 된다. 이 선순환의 고리를 만드는 것이 행정의 핵심이다.

그러나 기업 유치는 결코 장밋빛 구호만으로 이루어지지 않는다. 철저하게 현장을 꿰뚫는 '경제 마인드'가 필수다. 기업을 직접 경영하고 창업의 고통을 견뎌본 나의 실전 경험은 그 무엇과도 바꿀 수 없는 강력한 무기다. 기업이 진심으로 원하는 것이 무엇인지 나는 누구보다 잘 안다. 파격적인 부지 공급, 과감한 규제 혁파, 그리고 우수한 인재가 머물 수 있는 매력적인 정주 여건을 만드는 실무적 디테일에서 나는 승부를 볼 것이다.

창원특례시는 이미 위대한 잠재력을 갖추고 있다. 대한민국 산업의 심장인 창원국가산업단지와 마산자유무역지역이 우리에게 있다.

이제 필요한 것은 '주식회사 창원특례시'의 CEO가 되어 도시를 경영할 리더십이다. 기술을 읽고, 사람을 연결하며, 마침내 경제를 살려내는 리더. 그것이 AI혁명 시대, 내가 창원을 위해 헌신하고자 하는 이유이자 숙명이다.

Thinking_02

'수소 트램'이 여는 미래 도시

내 고향 창원을 떠올릴 때면 마음 한구석에 늘 묘한 공백이 남는다. 인구 100만의 거대 도시임에도 불구하고 창원에는 '도시철도'가 없다. 수도권 대도시들이 이미 누리고 있는 그 일상의 궤적이 창원에는 존재하지 않는다. 이 부재는 단순한 교통수단의 결핍을 넘어, 도시의 품격이 마침내 완성되지 못한 미완의 흔적처럼 다가온다.

나는 종종 상상하곤 한다. 마산에서 진해를 지나, 언젠가 가덕도 신공항까지 이어질 푸른 궤도 위를 매끄럽게 활주하는 '수소 전기트램'의 모습을 말이다. 단 한 번의 충전으로 수백 킬로미터를 달리고, 배기구에서는 매연 대신 맑은 물방울만을 남기는 차량. 창원의 맑은 공기를 가르며 달리는 그 트램은, 한때 우리가 자부했던 '환경 수도'의

꿈과 지금 우리가
개척하는 '수소 도
시'의 비전을 동시
에 현실로 구현하는
상징이 될 것이다.

시계추를 되돌려
보면 뼈아픈 실책이 머문다. 이웃 도시 울산은 이미 2029년 개통을
목표로 수소트램 건설에 박차를 가하고 있지만, 창원은 지난 2014년
재정 건전성이라는 명분 아래 이미 확보했던 사업마저 백지화하고
말았다. 그때 멈춰 서버린 도시의 동력은 지금까지도 창원의 성장을
가로막는 보이지 않는 장벽으로 남아 있다.

창원국가산단에는 세계적 기술력을 갖춘 현대로템과 로만시스가
있다. 그들은 이미 오래전부터 수소 전기투램의 미래를 준비해 왔다.
여기에 매일 5톤의 수소를 생산하는 액화 수소플랜트까지 가동되고
있다. 우리 도시에서 생산된 수소로, 우리 도시의 기업이 만든 트램이
달리는 것. 이것은 창원에 주어진 선택의 문제가 아니라, 반드시 완수
해야 할 '산업적 필연'이다.

트램은 단순한 이동 수단이 아니다. 그것은 도시의 리듬을 근본적으로 바꾸고 시민의 일상을 재디자인하는 거대한 전환점이다. 전국 최상위권에 달하는 창원의 자가용 출퇴근 비용은 역설적으로 우리의 대중교통 체계가 얼마나 고단한지를 증명하고 있다. 트램이 도심의 혈맥을 잇게 된다면, 시민들은 핸들을 잡는 피로 대신 공공 교통의 여유를 선택할 것이다. 출퇴근의 풍경이 바뀌면, 도시의 호흡도 비로소 달라진다.

내가 그리는 창원의 미래 교통망은 거대한 격자형 연결이다. 창원-대구 KTX 직선화, 창원-수서 SRT 증차, 그리고 오랜 숙원인 불모산 터널과 마창대교의 무료화. 이 모든 연결 전략의 정점에 바로 '수소 트램'이 있다. 이 모든 구상은 결국 하나의 질문으로 귀결된다. "우리는 어떤 도시에서 살기를 원하는가?"

도시의 품격은 마천루의 높이나 도로의 폭으로 결정되지 않는다. 시민이 어떤 수단을 타고 이동하며, 창밖으로 어떤 풍경을 마주하고, 어떤 공기를 마시는가에 그 해답이 있다. 수소 전기트램이 창원의 거리를 달리는 날, 우리는 단순히 새로운 교통수단 하나를 얻는 것에 그치지 않을 것이다. 우리는 잃어버린 미래를 되찾고, 마침내 창원이라는 이름에 걸맞은 '도시의 자부심'을 완성하게 될 것이다.

Thinking_03

'창원 성장 사다리 펀드'

도시는 언제나 시민의 삶을 견인해야 한다. 창원이라는 이름의 도시 역시 마찬가지다. 거대한 산업단지와 웅장한 항만, 기계음이 끊이지 않는 역동적인 풍경이 창원의 상징이었지만, 그 이면에서 우리 시민들은 여전히 삶의 다음 단계로 올라설 '사다리'를 절실히 찾고 있다. 그러나 지금 우리 앞의 사다리는 너무 높거나, 때로는 아예 놓여 있지 않은 것이 현실이다.

이미 많은 지자체가 나름의 해법을 시도해 왔다. 서울은 '희망두 배 청년통장'으로 자산 형성을 돕고, 경기도는 '청년기본소득'으로 보편적 지원을 실험했으며, 부산은 대규모 펀드로 창업 생태계를 구축하고 있다. 하지만 창원의 대답은 이들과는 달라야 한다. 단순히 예산을 배분하는 시혜적 복지만으로는 자립의 기반을 다지는 데 한계가 명확하기 때문이다. 목적이 흐릿한 지원은 일시적인 소비로 휘발될 뿐, 시민의 삶을 근본적으로 변화시키는 지속 가능한 동력이 되기 어렵다.

지금 창원의 현실은 엄중하다. 인구 100만 선이 위협받고 있으며,

재정자립도는 유사 도시 평균을 밑돌고 있다. 이 위기를 돌파하기 위해 나는 민관이 합심하는 '창원 성장 사다리 펀드'를 제안한다. 시 예산을 마중물 삼아 지역 기업의 사회공헌(CSR) 자금, 금융권의 매칭 출자, 그리고 시민

크라우드 펀딩을 결합하는 방식이다. 이를 통해 5년간 1,000억 원, 나아가 중앙정부와의 연계를 통해 수천억 규모의 '메머드급 펀드'를 조성하는 로드맵을 그려야 한다. 이것은 단순한 복지 정책이 아니라, 창원의 경제 지도를 다시 그리는 전략적 투자다.

'창원 성장 사다리 펀드'는 단순한 금전적 지원에 그치지 않는다. 교육과 멘토링, 도전할 수 있는 공간, 그리고 실패해도 다시 일어설 수 있는 심리적 지지까지 결합한 '원스톱 패키지'를 지향한다. 자산 형성이 꿈을 꾸게 한다면, 이 패키지는 그 꿈을 현실로 만드는 기술과 용기를 제공할 것이다.

도시의 미래는 결국 하나의 질문으로 귀결된다. "창원은 시민에게 어떤 존재가 될 것인가?" 지금까지 창원이 기계 산업으로 대한민국을 먹여 살렸다면, 이제는 사람을 키우고 연결하며 지지하는 '희망의 플랫폼'으로 거듭나야 한다. '성장 사다리 펀드'는 그 질문에 대한 나의 가장 진심 어린 답변이자, 창원이 가야 할 새로운 길이다.

Thinking_04

지붕 위의 에너지 혁명

산업의 패러다임이 격변할 때는 에너지를 바라보는 리더의 시각 또한 근본적으로 달라져야 한다. 두산에너빌리티의 SMR(소형모듈원전)과 범한퓨얼셀의 수소 에너지가 창원의 먼 미래를 책임질 거대한 강물이라면, 지금 이 순간 우리 곁을 흐르는 가장 정직한 에너지는 바로 '빛'이다. 나는 창원국가산단의 거대한 공장 지붕들 위에서 새로운 에너지 혁명의 서막을 본다.

창원의 공장 지붕들은 지금까지 햇빛을 온몸으로 받아내면서도 정작 아무 일도 하지 않는, 방치된 국토나 다름없었다. 나는 이 방대한 면적을 창원이 보유한 '제2의 자원'이라 명명하고 싶다. 삭막한 슬레

이트 지붕 위에 태양광 패널을 얹는 순간, 공장은 단순히 물건을 제조하는 공간을 넘어 에너지를 생산하는 '도시의 발전소'로 거듭난다. 잠들어 있던 유휴 공간이 실질적인 수익을 창출하고, 쏟아지는 빛은 곧 창원을 움직이는 전기가 된다.

이 사업은 단순히 신재생 에너지를 늘리는 차원을 넘어선다. 글로벌 공급망이 요구하는 'RE100(재생에너지 100% 사용)'이라는 거대한 무역 장벽 앞에서, 산단 태양광은 우리 기업들을 보호할 가장 강력한 방패가 될 것이다. 나아가 기업과 지자체, 시민이 수익을 나누는 '수익공유형 모델'을 정착시켜 전력 생산의 혜택이 지역사회 구석구석으로 스며들게 하겠다. 이것은 공공이 주도하는 분산 에너지 시스템의 상징이자, 탄소 중립을 향한 창원의 가장 현실적인 실천이다.

"미래의 돈은 바로 전기다." 일론 머스크의 이 통찰은 전력 자립이 곧 도시의 생존이자 경쟁력임을 시사한다. 나는 창원의 공장 지붕에서 시작된 이 작은 패널들이 모여 도시의 에너지를 바꾸고, 마침내 시민의 삶을 바꾸는 거대한 물결이 될 것이라 확신한다.

4년 뒤, 사람들은 창원을 더 이상 낡은 기계의 도시로 기억하지 않을 것이다. 스스로 에너지를 생산하고, 그 동력으로 AI와 신산업을 설계하는 '지능형 창조 도시'. 그 이름은 단순한 홍보 문구가 아니라, 우리가 지붕 위에서 함께 일궈낸 승리의 기록이자 창원이 쟁취한 미래의 본모습이 될 것이다. 하늘 아래 노는 지붕이 없는 도시, 창원의 에너지는 이제 위가 아닌 안에서부터 솟구쳐 오를 것이다.

Thinking_05

'K-방산 국가안보 벨트'를 설계하다

창원시에서 거제시를 지나 사천시로 이어지는 지도를 따라가다 보면, 대한민국 어디에서도 볼 수 없는 경이로운 풍경이 펼쳐진다. 창원의 공장에서 강인한 전차와 장갑차가 태어나고, 진해의 바다에는 해군의 모항이 묵직하게 자리한다. 거제의 조선소에서는 거대한 함정과 잠수함이 물결을 가르며, 사천의 하늘에서는 우리 기술로 만든 헬기와 전투기가 창공을 가로지른다. 땅(陸)과 바다(海), 하늘(空)을 넘어 우주까지. 이 권역은 대한민국의 안보가 입체적으로 구현되는 세계적으로도 유례를 찾기 힘든 전략적 요충지다.

현재 경남의 방위산업은 각 도시별로 훌륭하게 분화되어 있다. 창원은 지상 체계의 심장이고, 진해는 해군 운용의 현장이며, 거제는 해양 플랫폼의 기지, 사천은 항공우주의 실험실이다. 그러나 이 훌륭한 자원들이 개별적으로 존재해서는 글로벌 경쟁력을 온전히 발휘하기 어렵다. 나는 창원을 중심으로 진해, 거제, 사천을 유기적으로 결합하는 '국가안보 산업 벨트' 구축을 제안한다.

이 벨트는 단순한 지리적 연결이 아니다. 무기 체계의 개발부터 시험, 실전 운용, 정비에 이르는 전 과정을 한자리에서 해결하는 '원스톱 통합 실증 체계(Defense Testbed Belt)'의 완성을 의미한다. 창원에서 기동과 사격을 실증하고, 거제와 진해에서 함정의 성능을 검증하며, 사천에서 항공 전력의 한계를 시험하는 일련의 과정이 하나의 공급망으로 묶일 때, 우리 경남은 국방부와 방사청의 대형 프로젝트를 주도할 압도적인 명분을 갖게 될 것이다.

진정한 안보 벨트는 대기업의 화려한 외형뿐만 아니라, 그 뒤를 받치는 중소기업의 탄탄한 뿌리에서 완성된다. 나는 지역 기업과 연구 기관이 공동으로 국비 과제를 수행하는 '광역 R&D 플랫폼'을 구축할 것이다. 국산화 품목의 공동 개발, 정밀 가공과 적층 제조 기술의 공유, 그리고 글로벌 인증과 수출 패키지 지원까지. 창원과 거제, 사천의 중소기업들이 방산 생태계의 핵심 주역으로 자리 잡도록 공급망 혁신 클러스터를 조성하겠다.

창원은 이미 대한민국 유일의 지상무기 메가 클러스터로서 내수와 수출을 동시에 책임지고 있다. 여기에 해양과 항공, 우주가 하나의 벨트로 연결된다면, 우리 창원은 명실상부한 '대한민국 안보 산업의 수도'로 거듭날 것이다. 국비 확보를 위한 논리는 이제 자명해진다. 창원은 더 이상 일개 도시가 아니라, 국가 전략 산업의 운명을 쥐고 있는 핵심 기지이기 때문이다.

이 벨트를 구축하는 길은 단순히 지역 경제를 살리는 일을 넘어, 대한민국의 안보 서사를 다시 쓰는 작업이다. 4년 뒤, 사람들은 지도를 보며 말할 것이다. 창원에서 시작된 그 궤적이 대한민국을 가장 안전하게 지키는 거대한 방패가 되었다고. 나는 그 담대한 미래를 향한 설계를 멈추지 않을 것이다.

Thinking_06
떠나는 청년, 식어가는 심장, '청년 정착 프로그램'

창원의 거리를 걷다 보면 어느 순간 낯선 고요함을 마주한다. 이곳에서 태어나 자라난 청년들이 하나둘 고향을 등지고 수도권으로 향하고 있다. 아이들이 떠난 자리에는 정적만이 감돌고, 남겨진 도시는 조금씩 활력을 잃어간다. 창원에서 공업고등학교를 졸업하고, 창원국가산단에서 제조업 중소기업을 직접 일궈온 나에게 청년 인구의 유출은 단순한 통계 수치가 아니다. 그것은 내 삶의 터전이자 자부심이었던 창원의 뿌리가 흔들리는, 뼈아픈 현장의 비명이다.

통계는 생각보다 더 냉정하고 가혹하다. 2015년 31만 명에 달하던 창원의 청년 인구는 2025년 현재 22만 명 선까지 추락했다. 불과 10년 사이 도시의 미래를 책임질 동력 9만 명이 증발해 버린 것이다. 이는 도시철도가 없고 인프라가 부족하다는 불편함을 넘어, 창원의 심장이 빠르게 식어가고 있다는 경고등이다.

우리는 직시해야 한다. 왜 청년들에게 중소기업은 여전히 매력적이지 않은가. 청년들은 중소기업에서 자신의 성장이 멈출지도 모른다는 불안감을 느낀다. 대기업의 담장 안에는 화려한 스포츠시설과 안락한 휴게 공간, 체계적인 교육 시스템이 즐비하지만, 담장 밖 중소기업에는 그 무엇도 허락되지 않는 것이 현실이다. '대기업에는 있고, 우리에게는 없는 것'들. 그 격차가 청년들을 기차역으로 내몰고 있다.

현재도 창원시는 청년들을 붙잡기 위해 월세 지원, 면접 수당, 교통비 지원 등 다각도의 정책을 펼치고 있다. 물론 고마운 시도들이다.

하지만 단기적인 '생활 안정'만으로는 청년의 마음을 온전히 돌릴 수 없다. 이제는 중소기업에 취업한 청년들이 그곳에서 자신의 미래를 설계할 수 있도록, 정책의 패러다임을 근본적으로 전환해야 한다.

개별 기업이 감당할 수 없는 복지와 인프라를 정부와 경상남도, 그리고 창원시가 공동으로 책임져야 한다. 중소기업 단지 내에 대기업 부럽지 않은 공동 문화·체육 센터를 건립하고, 청년들이 자기 계발을 이어갈 수 있는 고도화된 직무 교육 바우처를 파격적으로 제공해야 한다. 기업의 담장을 넘어 도시 전체가 하나의 거대한 '복지 플랫폼'이자 '캠퍼스'가 되어야 하는 것이다.

도시가 청년을 잃는 것은 곧 미래를 통째로 상실하는 것과 같다. 창원의 희망은 거창한 구호가 아니라, 작업복을 입고 현장을 누비는 청년들의 땀방울 속에서, 그리고 퇴근길 친구들과 지역 맛집에서 내일을 도모하는 그들의 웃음소리 속에서 피어난다.

내가 중소기업을 경영하며 겪었던 수많은 시행착오와 현장의 결핍을 바탕으로, 나는 창원의 청년들에게 새로운 사다리를 놓아주고 싶다. 중소기업에 다닌다는 것이 자부심이 되는 도시, 고향을 떠나지 않아도 수도권보다 더 찬란한 꿈을 꿀 수 있는 도시. 그 진심 어린 정착의 기록을 나는 창원의 동료들과 함께 써 내려가고 싶다.

Thinking_07
멈춰버린 통합의 동력, 재정 주권을 되찾자

오늘날 창원의 재정은 마치 기름이 마른 채 삐걱거리는 오래된 기계와 같다. 한때 50%에 육박하며 전국을 호령하던 재정자립도는 이제 20%대의 초라한 성적표로 내려앉았다. 스스로 벌어들인 돈으로 도시의 미래를 그려야 하지만, 실상은 줄어드는 세수와 늘어나는 국·도비 매칭 사업의 무게에 짓눌려 있다. 2018년 2,000억 원대였던 지방 채무는 어느덧 3,000억 원을 훌쩍 넘어섰다. 숫자는 거짓말을 하지 않는다. 창원의 자율성은 지금 이 순간에도 희미해지고 있다.

통합 전 창원시는 40% 중반대의 탄탄한 재정 구조를 자랑했다. 하지만 2010년 마산, 창원, 진해가 하나로 뭉친 이후, 도시의 내실은 오히려 약해졌다. 2024년 기준 창원의 재정자주도는 전국 평균인 70.9%에 한참 못 미치는 50%대 수준이다. 재정자주도가 낮다는 것은 지자체가 독자적으로 결정하고 집행할 수 있는 '지갑'이 얇아졌다는 뜻이다. 부동산 경기 침체와 외부 요인에 의한 재정 수요 폭증은 창원의 숨통을 더욱 조이고 있다.

창원은 대한민국 자율 통합의 첫 번째 모델이었다. 15년 동안 1,900억 원이 넘는 자율통합지원금을 받았지만, 그 이면에는 5,400억 원을 상회하는 막대한 행정 비용이 발생했다. 지원금은 언제나 마른 목을 축이기에도 부족했고, 통합의 이름으로 시작된 거대한 실험은 시민들에게 장밋빛 미래 대신 깊은 피로감만을 안겨주었다.

하지만 그 지원금이 올해 말 종료될 위기에 처했다. 지방분권균형발전법 개정을 통한 3년 연장과 440억 원의 추가 지원은 단순히 예산 몇 푼을 더 받아내려는 협상이 아니다. 이것은 통합의 후유증을 앓고 있는 도시의 생존권 문제이자, 지방소멸의 파고 앞에서 창원이 버텨낼 최소한의 방파제를 쌓는 일이다.

정부는 답해야 한다. 자율 통합이라는 국가적 실험을 여기서 실패로 끝낼 것인가, 아니면 다시금 지속 가능한 생존의 동력을 불어넣을 것인가. 창원특례시라는 이름표는 화려하지만, 그 실질적인 지위와 재정권이 뒷받침되지 않는다면 그것은 빈 껍데기에 불과하다.

만약에 정부가 통합으로 인한 재정 손실을 보전해줄 자율통합지원금 재연장을 끝내 외면한다면, 우리는 마산 · 창원 · 진해의 분리라는 최후의 카드까지 고려해야 한다. 이는 단순한 압박용 수사가 아니다. 시민의 삶이 무너지고 도시의 근간이 흔들리는 상황에서, 무책임한 통합의 유지를 지켜만 보고 있는 리더는 자격이 없기 때문이다.

지금 창원은 비어 있는 시장의 자리를 메울 사람을 기다리는 것이 아니다. 창원의 자존심을 되찾고, 잘 사는 창원을 이끌어갈 '진정한 수장'을 기다리고 있다. 정치를 알고, 경제를 꿰뚫으며, 행정의 디테일에 능통한 풍부한 경험의 리더십이 그 어느 때보다 절실하다.

나는 창원의 재정 주권을 되찾고, 시민들의 호주머니를 채우며, 다시금 대한민국 최고의 도시라는 영광을 재현할 생각에 가슴이 벅차다. 멈춰버린 통합의 동력을 다시 돌리는 일, 그것이 내가 창원의 역사 앞에 마땅히 져야 할 숙명이다.

Thinking_08

도시의 생존 전략이 된 '파크골프'

창원의 인구 구조가 빠르게 변하고 있다. 거리는 조금씩 정적에 잠기고, 시민들의 평균 연령은 나날이 높아진다. 이제 운동은 여유 있는 이들의 선택이 아니라, 존엄한 노후를 위한 '생존의 문제'가 되었다. 이 거대한 변화의 흐름 속에서 파크골프는 단순한 유행을 넘어 하나의 시대적 현상으로 자리 잡았다. 게이트볼의 접근성과 골프의 역동성을 동시에 갖춘 이 스포츠는 일반 골프 비용의 10분의 1 수준으로 노인과 장애인 모두에게 평등한 활력을 선사하고 있다.

현재 창원에는 9개소 207홀의 파크골프장이 운영되고 있으며, 2026년까지 20개소 500홀로 확대하겠다는 계획이 서 있다. 그러나 현장에서 들리는 시민들의 목소리는 여전히 절박하다. 기하급수적으로 늘어나는 동호인 수에 비해 인프라는 턱없이 부족하고, 날씨와 계절에 따라 이용이 제한되는 야외 구장의 한계는 시민들의 '건강권'을 위협하는 또 다른 불평등으로 다가오고 있다. 인프라의 부족은 곧 생활체육의 격차를 낳고, 이는 도시 공동체의 보이지 않는 균열로 이어진다.

나는 인천 남동구의 사례에서 창원의 새로운 길을 보았다. 복지관 내 소규모 공간을 활용해 조성된 '스크린 파크골프존'은 민·관 협력이 만들어낸 생활체육 혁신의 모범이다. 굳이 먼 곳으로 이동하지 않아도, 매서운 추위나 폭염 속에서도 어르신들이 웃음꽃을 피울 수 있는 공간. 이것이야말로 행정이 지향해야 할 세밀한 복지의 실체다.

창원 역시 이제는 야외 구장 신설이라는 전통적인 방식에만 머물러선 안 된다. 스크린 파크골프는 대규모 환경 훼손이나 복잡한 행정 절차에서 자유롭다. 기존의 공공시설 유휴 공간을 적극 활용하고 지역 기업의 사회적 공헌CSR을 결합한다면, 시의 재정 부담을 최소화하면서도 시민들에게 고품격 스포츠 환경을 제공할 수 있다.
생활체육, 고령화 시대를 건너는 가장 건강한 사다리

목표는 명확하다. 성산구와 마산합포구를 비롯해 수요가 밀집된 지역에 파크골프장을 적기에 신설·확충하고, 도심 곳곳에 스크린 파크골프를 도입해 '사계절 활력 도시'를 만드는 것이다.

생활체육은 단순한 여가 활동이 아니다. 그것은 고령화라는 거대한 파도를 넘기 위한 창원의 핵심 생존 전략이자, 시민의 의료비 부담을 줄이고 삶의 질을 높이는 가장 정직한 복지다. 나는 창원의 어르신들이 나이 듦을 두려워하지 않고, 궤도 위를 달리는 공처럼 경쾌한 노후를 보낼 수 있는 도시를 꿈꾼다. 그 활력의 필드 위에 창원의 미래가 있다.

Thinking_09

'스포츠몬스터'가 마산에 온다면?

마산의 한복판, 옛 롯데백화점 건물은 지금 거대한 빈 껍데기가 되어 도시의 침체를 온몸으로 대변하고 있다. 한때 사람들의 온기로 북적이던 이곳이 폐점한 이후, 주변 상권은 급격히 얼어붙었고 도심 공동화는 깊은 상흔을 남기고 있다. 장기 방치된 건물 앞에서 들끓는 지역 여론을 마주할 때마다, 나는 이 거대한 공간을 다시금 마산의 활력을 깨울 '전략적 거점'으로 재탄생시켜야 한다는 막중한 사명감을 느낀다.

일각에서는 공공 교육시설 유치를 주장하기도 한다. 하지만 냉정하게 짚어봐야 한다. 막대한 재원 조달과 사후 운영의 현실성을 고려하지 않은 대안은 자칫 사업을 무기한 답보 상태에 빠뜨릴 위험이 크다. 중소기업중앙회 경남지역본부의 조사 결과에 따르면, 인근 소상공인의 45.3%가 이곳에 '엔터테인먼트 및 레저 복합공간'이 들어서길 갈망하고 있다. 상인들은 이미 알고 있다. 사람을 모으고 돈을 돌게 하는 것은 구호가 아니라 '재미'와 '활력'이라는 사실을 말이다.

나는 이곳에 '실내 익사이팅 스포츠 센터' 유치를 제안한다. 현대

인들은 이제 단순한 관람이나 경쟁을 넘어, 스스로 몸을 움직이며 모험과 재미를 만끽하는 레저스포츠에 열광한다. 롯데백화점 마산점은 높은 층고와 넓은 규모, 편리한 주차 여건과 주변의 숙박 · 음식점 인프라까지 갖추고 있어, 대규모 실내 스포츠 시설을 조성하기에 더할 나위 없는 최적의 입지다.

이미 수도권에서는 스타필드의 '스포츠몬스터'와 같은 시설이 집객의 핵심 엔진 역할을 하고 있다. 충남 청양군 역시 지방소멸대응기금을 투입해 청소년을 위한 익사이팅존을 성공적으로 구축했다. 우리 인근의 김해가야테마파크 또한 익사이팅 타워로 수많은 관광객을 불러 모으고 있다.

우리는 기존의 낡은 인식에서 탈피해야 한다. 백화점 건물은 반드시 쇼핑몰이어야 한다는 고정관념을 버리고, 수익성과 경제성, 그리고 미래지향성이 담보된 새로운 '레저 산업'을 이식해야 한다. 실내 클라이밍, 파도타기, 고공 익사이팅 코스 등 전 세대를 아우르는 체험 공간이 들어선다면, 마산의 심장은 다시 요동치기 시작할 것이다.

백화점 정문 앞에 다시 긴 줄이 늘어서고, 젊은이들의 활기찬 웃음소리가 마산의 골목마다 울려 퍼지는 풍경을 상상한다. '실내 익사이팅 스포츠 센터'는 단순한 체육 시설이 아니다. 그것은 마산의 상권을 다시 연결하는 가교이자, 도시 재생의 새로운 문법이다.

행정은 길을 열고, 민간은 창의를 붓고, 시민은 즐거움을 누리는 선순환이 이루어진다면 마산의 명성은 결코 과거에 머물러 있지 않을 것이다. 다시 사람이 모이고, 다시 경제가 숨을 쉬는 마산의 봄을 상상해 본다.

Thinking_10

마산항을 '글로벌 야간 관광 거점'으로

마산은 명실상부한 항구도시다. 그러나 역설적으로 많은 시민은 "마산에는 바다가 없다"고 말한다. 바다는 늘 우리 곁에 일렁이고 있었지만, 정작 시민들의 일상과 도시의 문화 속으로 깊숙이 들어오지 못한 탓이다. 천혜의 해안선은 그저 바라보는 풍경에 머물렀고, 그 잠재력은 활용되지 못한 채 시간의 흐름 속에 흘러갔다.

어시장과 부림시장, 창동과 오동동으로 이어지는 마산의 원도심은 우리 현대사의 자부심이었으나 지금은 그 활기를 잃어가고 있다. 도시를 다시 깨우기 위해 가장 시급한 것은 외지 관광객의 발길을 붙잡을 '결정적 매력'을 만드는 일이다. 나는 그 해답을 마산항 해변에서 찾는다. 마산의 밤에 새로운 얼굴을 입히는 프로젝트, 바로 '마산항 명품 야시장'의 조성이다.

야시장은 단순한 먹거리 장터가 아니다. 그것은 바다라는 천혜의 소재를 예술적으로 승화시켜, 타 도시에서는 경험할 수 없는 독보적인 풍경을 창조하는 일이다. 싱가포르의 클락키가 그러했고, 여수의 낭만포차가 그러했듯, 밤의 관광이 문화가 되고 산업이 되는 새로운 수준의 도약을 마산에서 시작해야 한다.

인공섬과 해양공원 일대는 창원이 가진 최고의 자산이다. 나는 이곳에 푸드트럭과 오픈마켓은 물론, 다국적 레스토랑과 감질나는 공연장, 아쿠아리움과 어린이 테마파크를 입체적으로 배치하는 그림을 그린다. 나아가 선상 레스토랑과 수상 레저, 수륙양용버스와 바다 케이블카를 연결해 '찾는 마산'의 정점을 찍을 것이다.

이 비전은 마산합포구의 해안선을 넘어 귀산, 진해, 거제까지 이어지는 광역 관광 벨트의 핵심 엔진이 될 것이다. 작은 시장을 만드는 것에 만족하지 않고, 세계인이 주목하는 '명품 야간 관광지'로 나아가는 길. 그것이 서비스업과 소상공인, 관광 산업이 함께 성장하는 선순환의 지도다.

물론 새로운 변화 앞에는 우려의 목소리도 있다. 기존 어시장과 부림시장 등 원도심 상권과의 조화는 행정이 풀어야 할 가장 섬세한 과제다. 나는 야시장을 원도심과 단절된 섬으로 만들지 않을 것이다. 야시장으로 모인 인파가 자연스럽게 원도심의 골목으로 흐를 수 있도록 보행 환경을 개선하고, 전통 시장과 연계한 공동 마케팅을 통해 도심 전체가 낙수 효과를 누리게 될 것이다.

바다가 도시의 삶 속으로, 시민의 식탁 옆으로 비로소 들어오는 순간, 마산은 더 이상 "바다가 없는 항구도시"라 불리지 않을 것이다. 마산항의 밤하늘 아래 화려한 불빛과 사람들의 웃음소리가 파도 소리와 어우러지는 날, 마산은 대한민국을 넘어 세계가 사랑하는 '빛의 도시'로 다시 태어나게 된다.

Thinking_11

진해항을 창원시의 성장 동력으로

'진해'라는 이름을 부르면 오랜 군항의 기억과 벚꽃 흩날리는 철길,

그리고 대학이 떠나간 빈자리의 쓸쓸함이 교차한다. 하지만 이제 진해의 풍경은 거대한 전환을 맞이하고 있다. 12조 원이 투입되는 창원 역사상 최대 규모의 국책사업, '진해신항'의 건설이 시작된 것이다. 3만 TEU급 초대형 선박이 드나드는 21선석의 위용은 단순한 숫자를 넘어, 28조 원의 생산 유발 효과와 17만 명의 일자리라는 거대한 파동을 예고하고 있다. 진해는 이제 세계 물류의 중심으로 다시 태어날 모든 준비를 마쳤다.

그러나 화려한 건설의 이면에는 해결해야 할 중대한 과제가 남아 있다. 바로 항만 운영의 주권을 되찾는 일이다. 현재 부산항 신항은 진해와 부산에 걸쳐 있음에도 운영권은 부산항만공사BPA가 독점하고 있다. 그 결과 신항에서 발생하는 막대한 경제적 파급 효과는 대부분 부산으로 흐르고, 우리 진해는 여전히 '부산항'이라는 거대한 그림자 속에 머물러 있다.

이제 우리는 명칭 변경이나 추천권 확대 같은 소극적인 요구를 넘어, '진해항만공사JHPA'의 독자적 설립을 검토해야 한다. 미국의 로스앤젤레스LA항과 롱비치항이 인접해 있으면서도 별개의 항만공사로 운영되며 세계적 경쟁력을 확보했듯, 우리도 독자적인 항만공사를 통해 진해만의 차별화된 물류 생태계를 열어야 한다. 진해항만공사의 설립은 단순한 기구 신설이 아니다. 그것은 진해의 경제를 살리고 창원을 대한민국 최고의 항만물류 도시로 세우는 '경제 주권'의 선언이다.

신항의 화려한 외형보다 더 뼈아픈 것은 교육의 공백이다. 세계 4위 항만을 곁에 두고도 정작 이를 뒷받침할 '항만물류 전문대학' 하나 없다는 현실은 참으로 안타깝다. 과거 해원 양성의 요람이었던 고등상선학교의 맥이 끊긴 이후, 진해의 인재들은 꿈을 찾아 타지로 떠나야만 했다.

나는 진해신항 배후단지에 항만물류 특성화 대학이나 대학원을 반드시 세울 것이다. 독자 설립이 어렵다면 한국해양대학교 분교 유치라는 배수진이라도 쳐야 한다. 전국 19곳에 달하는 물류 관련 고등학교가 경남에는 단 한 곳도 없다는 현실을 바로잡아, 고등학교부터 대학으로 이어지는 인재 양성의 사다리를 놓겠다. 진해의 바다를 건너는 사람들을 준비시키는 일, 그것이야말로 진해의 정체성을 되찾는 첫걸음이기 때문이다.

진해의 바다는 이미 거대한 변화의 파도를 일으키고 있다. 이제 남은 것은 그 바다 위에 우리만의 깃발을 꽂고, 우리 인재들이 그 물결을 타고 세계로 나아가게 하는 일이다. 낡은 군항의 외투를 벗고 첨단 물류의 심장으로 고동칠 진해의 미래를 위해, 나는 그 담대한 여정에 모든 힘을 쏟을 준비가 되어 있다.

항만의 주인이 되어 우리 바다에서 나오는 가치가 온전히 시민의 호주머니로 돌아오는 정의로운 구조를 만드는 것. 젊은이들이 진해의 바다에서 세계를 꿈꾸는 것. 그것이 내가 꿈꾸는 진해의 내일이자, 반드시 완수해야 할 시대적 사명이다.

Thinking_12

대상공원이 시민의 자부심으로 거듭나기 위하여

공원은 도시의 거실이자 시민의 삶이 가장 투명하게 투영되는 거울이다. 나는 대상공원을 거닐며 이곳이 단순히 '지나가는 공간'이 아닌, 시민들이 온종일 '머무르고 싶은 삶의 터전'이 되기를 꿈꾼다.

우선, 대상공원 한편에 자리한 '맘스프리존'의 가치를 새롭게 정립해야 한다. 지금까지 수유와 휴식이라는 좁은 의미에 갇혀 있었다면, 앞으로는 놀이와 돌봄, 교육과 휴식이 유기적으로 어우러지는 '가족

통합 복합문화공간'으로 재설계되어야 한다.

영유아를 위한 오감 발달 교구와 안전한 실내 놀이터는 기본이다. 여기에 부모들이 아이를 시야에 두면서도 온전한 휴식을 취할 수 있는 오픈형 카페 공간을 더해야 한다. 오전에는 육아 코칭 프로그램이 열리고, 오후에는 아동 창의 체험 교실이, 주말에는 숲속 축제가 펼쳐지는 곳. 실내의 안전한 돌봄과 실외의 광활한 자연이 공존하는 이곳은 창원을 '전국에서 가장 아이 키우기 좋은 도시'로 만드는 상징적 거점이 될 것이다.

또한, 일부 시민들에게 아쉬운 평가를 받고 있는 '빅트리'를 창원의 진정한 랜드마크로 다시 세워야 한다. 흉물이라는 오명을 벗고 시민의 사랑을 받기 위해서는 무엇보다 '신뢰의 회복'이 급선무다. 외부 전문가의 엄격한 안전 점검 결과를 투명하게 공개하고, 온·오프라인 소통 창구를 통해 시민의 아이디어를 빅트리의 변신에 직접 반영하는 '개방형 행정'을 실천하겠다.

단순한 시설 보강을 넘어 디자인 리브랜딩과 생태 회복에도 주력해야 한다. 정체성이 모호했던 외관은 조형미 넘치는 디자인 공모를 통해 새롭게 단장하고, 야간 미디어 파사드와 경관 조명을 도입해

'빛의 트리'로 탈바꿈시키는 것도 고민해야 한다. 주변의 훼손된 식생은 토종 수목으로 복원해 진정한 도심 속 숲의 생명력을 불어넣을 것이다.

새로운 빅트리는 보는 시설에 머물지 않는다. 상부는 탁 트인 전망 카페, 중부는 지역 예술가들의 전시 공간, 하부 트리하우스는 아이들의 생태 교육장으로 운영될 것이다. 공원은 시민에게 언제나 무료로 개방하되, 특색 있는 유료 체험 프로그램과 기념품숍을 운영하여 자생력을 갖춘 지속 가능한 모델을 구축하겠다.

운영의 핵심은 '살아있는 행정'에 있다. 단순히 건물을 짓는 데 그치지 않고, 공공의 책임감과 민간의 전문성을 결합해 시민 만족도를 끊임없이 점검하고 개선해 나가야 한다.

맘스프리존에서 아이를 키우는 행복을 발견하고, 빅트리에서 도시의 자부심을 확인하는 풍경. 계절마다 축제가 이어지고 인근 상권이 그 온기로 활기를 얻는 선순환. 나는 대상공원에서 시작될 이 작은 변화들이 창원이라는 큰 도시 전체를 깨우는 희망의 씨앗이 될 것이라 확신한다.

Thinking_13

세코(CECO)를 '국제회의 복합 지구'로

도시에는 늘 채워지지 않는 결핍이 존재한다. 거대한 산업단지와 역동적인 항만, 기계와 자동차의 파동으로 가득한 창원 역시 마찬가지다. 우리는 그 치열한 생산의 현장 속에서 늘 무언가 본질적인 것이 빠져 있다는 감각을 느끼곤 한다. 그것은 바로 세계의 지성이 모여드는 무대이자, 창원의 가치를 지구촌에 알리는 통로, 곧 '국제회의 복합지구'라는 열린 창구다.

창원컨벤션센터 CECO는 이미 우리 도시의 심장처럼 뛰고 있다. 그러나 안타깝게도 그 심장은 아직 충분히 확장되지 못했다. 전시장 규모의 한계로 인해 대규모 국제회의와 메가 전시회를 눈앞에서 놓쳐야 하는 현실은 창원의 성장을 가로막는 보이지 않는 벽이었다. 나는 그 벽을 허무는 상상을 한다.

세코 주변이 '국제회의 복합지구'로 지정되어, 3,000석 규모의 대형 컨퍼런스홀과 가변형 무대가 들어서는 풍경을 그려본다. 야외 광장에서는 화려한 국제 박람회와 대형 퍼포먼스가 펼쳐지고, 도시 전체가 하나의 거대한 컨벤션 무대가 되는 그림이다. 인천, 부산, 고양 등 이미 그 길을 걸어간 도시들처럼, 창원 또한 이제는 그 문을 열고 대한민국을 대표하는 거점도시로 당당히 서야 한다.

단순한 행정적 지정만으로는 부족하다. 창원이 가진 강력한 제조 산업의 DNA를 마이스 산업과 융합해야 한다. 세코의 전시장 면적을 획기적으로 늘리고, 인근의 창원문성대학교 공간까지 임시 전시장으로 활용하는 유연한 통합 동선을 설계하겠다. 300~600부스 이상의 대형 전시를 동시에 소화할 수 있는 인프라 고도화는 창원을 '일하는 도시'에서 '연결하는 도시'로 바꿀 핵심 열쇠다.

여기에 스마트팩토리와 연계한 산업 관광, 기업 센터 중심의 산·관·학 협력 플랫폼을 구축한다면, 창원은 지속 가능한 국제회의의 순환 구조를 갖춘 독보적인 도시가 될 것이다. 도시의 인지도는 자연스럽게 높아질 것이며, 이곳에서 길러진 청년 전문가들이 세계 무대를 누비는 선순환이 시작될 것이다.

나는 세코의 확장을 넘어 마산과 진해까지 이어지는 문화적 균형을 꿈꾼다. 주요 거점마다 상설 전시관과 공연장을 마련해 시민들이 일상 속에서 품격 있는 문화생활을 향유하는 풍경이다. 마산과 진해의 역사적 정체성이 세코의 글로벌 인프라와 연결될 때, 창원은 비로소 '단순히 일하러 오는 곳'이 아닌 '머물고 싶고 즐기고 싶은' 진정한 매력 도시가 될 것이다.

도시의 품격은 결국 그 도시가 제공하는 무대 위에서 결정된다. 국제회의 복합지구는 창원의 브랜드를 바꾸는 일인 동시에, 시민의 삶을 세계적 수준으로 끌어올리는 약속이다. 창원이 더 이상 산업의 성곽 안에 갇혀 있지 않고, 세계와 실시간으로 소통하며 미래를 선도하는 도시가 되는 날. 창원의 창을 더 넓게 열릴 것이다.

Thinking_14

창원, '헌혈 나눔 도시"로

도시의 진정한 품격은 화려한 마천루가 아닌, 보이지 않는 곳에서 피어나는 헌신과 나눔의 실천에서 드러난다. 헌혈 한 봉지. 그것은 단순한 혈액의 이동이 아니라 절망의 끝에 선 누군가에게 생명의 다리를 놓아주는 고귀한 행동이다. 하지만 우리는 바쁜 일상 속에서 그 다리의 소중함을 종종 잊고 산다.

우리나라 '혈액관리법'은 국가와 지방자치단체가 헌혈 기부 문화를 조성하고 장려해야 할 책무가 있음을 명시하고 있다. 하지만 법전 속의 문장만으로는 도시의 풍경을 바꿀 수 없다. 법에 생명력을 불어넣고 이를 시민의 일상으로 끌어오는 것은 결국 리더의 의지와 공동체의 마음이다.

나는 21대 국회 보건복지위원회 여당 간사로 활동하며 혈액 수급 위기 해소를 위해 '헌혈자의 날'을 법제화하는 혈액관리법 개정안을 대표 발의하여 통과시켰다. 이 입법은 국가가 헌혈자들의 숭고한 실천을 공식적으로 예우하는 제도적 기틀이 되었고, 감사하게도 대한적십자사로부터 그 진심을 인정받기도 했다. 이제 나는 국회에서 증명했던 그 열정을 내 고향 창원의 거리 위에 펼쳐 보이고자 한다.

나는 창원을 전국 최고의 '생명나눔 친화 도시'로 선포하고자 한다. 단순히 구호에 그치는 것이 아니라, 매년 10월 4일을 '천사1004의 날'로 지정하여 도시 전체가 생명나눔의 축제장이 되는 풍경을 꿈꾼다. 시장과 의장, 대학 총장과 교육감 등 지역의 리더들이 앞장서고 시민들이 기꺼이 동참하는 헌혈 주간을 운영한다면, 창원의 공기는 그 어느 때보다 따뜻해질 것이다.

　나눔에 참여한 시민들에 대한 예우는 실질적이고 파격적이어야 한다. 헌혈자에게 지역사랑 상품권을 지급해 지역 경제에 활력을 불어넣고, 100회 이상 헌혈한 명예로운 시민들에게는 시 차원의 특별한 예우를 다할 것이다. 특히 중장년층 생애 최초 헌혈자를 응원하고, 추첨을 통해 '창원 1박 2일 관광권'을 제공하는 등 헌혈을 단순한 의무를 넘어 '자부심 넘치는 즐거운 경험'으로 재정의하겠다.

　도시의 이미지는 그 도시가 무엇을 소중히 여기느냐에 따라 결정된다. 생명나눔 친화 도시를 상징하는 마스코트가 거리를 누비고, 우리 아이들이 헌혈을 '세상을 구하는 가장 멋진 일'로 기억하며 자라나는 도시. 그런 창원은 더 이상 차가운 기계와 쇳소리의 도시가 아니다.

　창원은 대한민국 산업의 엔진이었다. 그러나 이제는 생명의 온기를 나누는 심장으로서도 기능해야 한다. 헌혈은 피를 나누는 것을 넘어 삶의 희망을 공유하는 일이다. 창원이 생명나눔의 선도 도시로 거듭나는 길, 그것은 우리가 도시의 미래를 가장 아름다운 필체로 새로 쓰는 일이다. 나는 창원이 가진 역동적인 에너지에 생명 존중의 가치를 더해, 전국에서 가장 살맛 나는 공동체를 완성해 낼 것이다.

'참전용사 명예의 집'과 '보훈 힐링 공원'을 만들자

도시의 정체성은 화려한 마천루나 끝없이 뻗은 도로만으로 완성되지 않는다. 진정한 수준의 도시는 과거의 희생을 어떻게 기억하고, 그 숭고한 헌신을 일상 속에서 어떻게 예우하는가에서 드러난다. 현재 창원에는 1만 6,600여 명의 국가유공자와 그 가족이 우리와 함께 숨 쉬고 있다. 이 숫자는 단순한 통계가 아니다. 그 안에는 포화가 빗발치던 전쟁터에서 흘린 피와 땀, 그리고 평생을 가슴 졸이며 살아온 가족들의 눈물이 새겨져 있다.

지금까지의 보훈은 박제된 기록 속에 머물러 있었던 것은 아닌지 반문해본다. 기념일의 일회성 행사나 교과서 속의 이름만으로는 그분들이 바친 청춘의 무게를 온전히 담아낼 수 없다. 보훈은 시민의 일상 속에 살아 숨 쉬어야 한다. 이것이 내가 창원에 '6 · 25 참전용사 명예의 집'을 건립하고자 하는 이유다.

이곳은 단순히 유물을 전시하는 건물이 아니라, 창원의 기억을 보존하는 '살아있는 역사관'이 될 것이다. 참전 기록과 유품은 물론, 생존 용사들의 생생한 증언을 구술사로 기록하여 아카이브로 구축하겠다. 우리 아이들이 이곳에서 자유와 평화의 소중함을 배우고, 참전용사들이 자신의 삶을 명예롭게 회복하는 교육과 추모의 랜드마크가 될 것이다.

명예의 집과 함께 조성될 '보훈 힐링 공원'은 유공자와 가족을 위한 따뜻한 쉼터이자 도시의 상징적 공간이다. 치유 정원과 평화 테마 산책로를 조성하여 고령의 유공자들이 몸과 마음을 회복할 수 있는 안식처를 제공하겠다. 시민들은 이 공원을 거닐며 일상의 평화가 누구의 희생 위에 세워졌는지 자연스럽게 되새기게 될 것이다. 단순한 휴식처를 넘어, 도시 전체가 감사와 존중의 마음으로 연결되는 '치유의 성지'를 꿈꾼다.

보훈은 과거를 기리는 데서 멈춰선 안 된다. 그것은 지금 이 순간에도 이어지고 있는 유공자분들의 노후를 든든히 지켜드리고, 남겨진 배우자와 가족의 일상을 따뜻하게 보살피는 실천이다. 창원이 참전유공자의 마지막 시간을 끝까지 책임지는 도시가 된다면, 우리는 단순히 기념사업을 하는 것이 아니다. 우리는 창원이 어떤 가치를 소중히 여기는 도시인지 행동으로 증명하는 것이다.

나는 창원을 대한민국에서 가장 따뜻하고 품격 있는 '보훈 도시'로 만들고 싶다. 희생에 대한 존중이 상식이 되고, 기억이 도시의 자부심이 되는 곳. 그것이 창원이 지켜야 할 명예이며, 우리가 다음 세대에게 물려주어야 할 가장 아름다운 유산이다. 그분들의 헌신이 헛되지 않도록, 나는 창원의 모든 거리 위에 명예의 향기가 머물게 할 것이다.

Thinking_16

'제조+콘텐츠 융합 수도'를 향하여

창원은 오랫동안 기계의 박동과 쇳소리가 도시의 심장을 두드려온 대한민국 제조의 본산이었다. 그러나 한 시대의 영광에만 머물러 있을 수는 없다. 창원이 한 단계 더 도약하기 위해서는 이제 다른 리듬이 필요하다. 그것은 바로 예술의 리듬이자, 청년의 호흡이며, 보이지 않는 이야기의 힘이다. 나는 이제 창원을 단순한 산업 도시를 넘어, 세계적인 '제조+콘텐츠 융합 수도'로 탈바꿈시키겠다는 담대한 선언을 하고자 한다.

문화예술은 단순히 보고 즐기는 유흥을 넘어, 시민의 삶의 질을 높이고 공동체를 결속시키는 가장 강력한 사회적 자본이다. 예향 마산의 전통과 진해의 근대문화유산, 그리고 창원의 첨단 제조 기반을 결합한다면 전 세계 어디에도 없는 독창적인 문화 모델이 탄생할 수 있다.

이를 위해 가장 시급한 것은 우리 청년 예술인들이 창원을 떠나지 않고도 자신의 꿈만으로 생계를 이어갈 수 있는 '생태계'를 구축하는 일이다. 창작준비금과 프로젝트 기획비를 단계별로 지원하고, 도심 곳곳의 유휴 공간을 전용 레지던시와 공유 창작실로 개방하겠다. 쇳소리만 가득하던 공공 공간이 작은 공연장과 갤러리로 변모하고, 청년들이 직접 기획한 페스티벌이 도시를 수놓을 때 창원의 공기는 비로소 달라질 것이다.

나는 오랫동안 활용 방안을 찾지 못했던 SM타운을 창원 미래 산업의 핵심 거점으로 주목한다. 이곳에 '문화콘텐츠산업 창원 기업지원센터'를 세워 제조와 콘텐츠가 만나는 거대한 무대를 만들겠다. 기계와 스토리, 로봇과 영상, 조선과 음악이 한자리에 앉아 서로의 언어를 배우고 새로운 부가가치를 창출하는 곳이다.

특히, 대형 엔터테인먼트사의 창원 지사를 적극 유치하겠다. 우리 지역의 재능 있는 아이들이 수준 높은 K-팝 교육을 받기 위해 굳이 서울로 향하지 않아도 되는 환경, 창원에서 태어난 이야기가 전 세계로 스트리밍되는 풍경은 더 이상 꿈이 아니다. 디지털 아트와 미디어 아트, 웹콘텐츠 같은 미래형 산업이 창원의 전통 제조 산업과 만나 '산업의 얼굴'이자 '미래의 언어'로 재탄생할 것이다.

창원은 더 이상 제조업 하나만으로는 지속 가능한 성장을 담보할 수 없다. 전통 산업은 콘텐츠라는 날개를 달 때 비로소 새로운 가치를 얻는다. 시의 예산과 민간 투자를 결합한 원스톱 지원 체계를 구축하여, 유망한 콘텐츠 스타트업들이 창원으로 돌아오게(U-Turn) 만들겠다.

대학과 특성화고는 콘텐츠 인재를 길러내고, 방산과 로봇 기업은 이들과 협업해 독보적인 산업 홍보 콘텐츠를 생산하는 선순환 구조. 이것이 내가 그리는 '융합 수도'의 구체적인 청사진이다. 산·학·연이 머리를 맞대고 매칭데이와 네트워킹을 이어가는 '창원기업지원센터'는 도시를 뛰게 하는 새로운 심장이 될 것이다.

쇳소리와 이야기가 화음을 이루고, 기계의 진동 위에 예술의 춤이 올라타는 도시. 산업 도시의 견고한 기반 위에 문화예술의 꽃이 만개할 때, 창원은 비로소 진정한 특례시로서의 위상을 완성할 수 있다.

　이것은 단순한 행정이 아니라, 창원의 운명을 새로 쓰는 일이다. 청년이 꿈을 키우고, 시민이 일상에서 행복을 느끼며, 세계가 그 문화를 소비하는 도시. 나는 제조와 콘텐츠가 융합된 이 새로운 수도에서, 우리 아이들이 가장 자부심 넘치는 미래를 맞이하게 할 것이다. 창원의 찬란한 봄은 이제 문화의 향기를 타고 다시 시작될 것이다.

나는 노동자였고 기업인이었다. 무無에서 유有를 일구며 현장에서 생존의 길을 냈다. 나는 정치인이었다. 도의회와 국회에서 민생을 위한 제도와 혁신을 이루었다. 공기업 CEO로서 조직의 해묵은 체질을 바꾸고 성과를 증명했다.

나에게는 세 개의 열정이 숨 쉬고 있다. 현장을 꿰뚫는 기업인의 감각, 시대의 흐름을 읽는 정치인의 통찰, 그리고 변화를 완수하는 CEO의 실천력이다. 이 세 가지 동력은 지금 오직 하나의 목적지, 내 고향 창원의 미래를 향해 고동치고 있다.

20년 전 내가 품었던 뜻은 여전히 선명하다. 일자리가 넘치고, 오늘보다 내일이 더 기대되는 희망의 도시를 만들겠다는 일념이다. 누군가 길을 물을 때, 나는 늘 길을 만드는 사람이었다. 분석하고 판단하여 끝내 해결책을 찾아내는 일은 내가 평생을 걸어오며 증명해 온 고유한 능력이다.

리더십은 화려한 수사가 아니다. 그것은 상황을 정확히 읽고 방향을 정하는 '결단'이다. 지금 창원은 위기다. 인구 100만 선은 위태롭고, 재정 자주도는 갈수록 낮아지고 있다. 마산해양신도시, 롯데백화점 마산점 폐업, SM타운 등 시정 리더십의 부재가 남긴 상처들이 도시의 여기저기에 널려 있다. 이제 이 비정상의 침묵을 깨고 창원의 자존심을 다시 세워야 할 때다.

창원은 대한민국 산업의 엔진이다. 거목 같은 대기업과 뿌리 같은 중소기업이 하나의 생태계로 숨 쉬어야 한다. 방산, 조선, 기계, 자동차, AI 등의 주력 업종이 굳건히 설 수 있는 힘은 부품과 소재를 책임지는 중소기업의 굵은 손끝에서 나온다. 기술은 정직한 미래다. 창원은 단순한 생산 기지를 넘어 AI와 로봇, 드론이 탄생하는 혁신의 본거지가 되어야 한다.

이제 창원은 세계를 향해 돛을 올려야 한다. K-방산의 거대한 물결을 타고 세계 시장으로 뻗어 나가는 '방산의 모항'이 되어야 한다. 국제 방산 박람회를 유치하고 수출 인력을 양성하여 경제의 활로를 열어야 한다. 일자리가 늘어나 소비와 투자가 선순환하고, 청년이 다시 돌아오는 희망 의 터전이 되어야 한다.

행정은 철저히 시민의 편의를 향해야 한다. 교통, 환경, 안전을 디지털 혁신으로 재설계하고, 교육과 복지가 시민의 삶을 촘촘히 보듬는 도시가 되어야 한다.

모든 정책의 주인은 시민이다. 온라인 플랫폼으로 실시간 소통하며 시민의 제안을 시정의 중심에 두어야 한다. 마창진 시민의 완전한 통합과 경제, 일자리, 인구, 보육, 및 교육 등 산적한 현안 사업 등의 난제도 시민의 지혜를 빌려 투명하게 정면 돌파해야 한다. 창원을 "K-방산, K-조선 그리고 AI의 글로벌 도시"로 키워 전 세계가 기억하는 이름으로 만들어야 한다.

리더십은 포용이자 혁신이다. 나의 약속은 허공으로 흩어지는 말이 아니다. 그것은 내가 살아온 삶의 궤적이자, 우리가 함께 개척해 나갈 '창원의 새로운 길'이다.

이제 나는 그 길의 맨 앞에서 다시 한번 신발 끈을 조여 맨다. 창원의 아침을 깨우는 장엄한 여정, 그 첫발을 시민과 함께 내딛고자 한다.

CEO 강기윤, 창원을 경영하라

초판1쇄 발행 2026년 2월 10일

지은이 강기윤
펴낸이 이지순

편집 성윤석   **디자인** 디자인무영
제작 뜻있는도서출판
경남 창원시 성산구 용호동 70 용지아이파크 상가 2층
전화 055-282-1457
팩스 055-283-1457
이메일 ez9305@hanmail.net

펴낸곳 뜻있는도서출판

ISBN 979-11-989617-9-2 03800